Charlotte Brusius

D1994132

Über dieses Buch

»Ihr freundlichen Leser, ihr sonderbaren Leser. Wir fangen noch einmal an. Wir geben nicht auf. Wir beginnen mit der fünften und letzten der fünf Erzählungen. Wie schlaue alte Stöberhunde bei einer Elchjagd in Västmanland ... nehmen wir die Spur dort wieder auf, wo wir sie verlassen haben, und folgen ihr bis zur blutigen Beute.« Diesen Aufruf an sich selbst und an uns – »Wir geben nicht auf!« – zieht der große schwedische Erzähler leitmotivisch durch alle fünf Bände seiner Romanfolge ›Risse in der Mauer‹. ›Der Tod eines Bienenzüchters‹ ist der letzte Band dieses Panoramas einer Zeit, der Darstellung einer jungen Generation des Aufbruchs vom Ende der sechziger bis zur Mitte der siebziger Jahre. Es ist die verhaltene Schlußapotheose des Todes, in der Lars Gustafsson auf das Capriccio übereinandergelagerter verrückter Einfälle und Bilder von barocker Buntheit, wie wir es aus ›Sigismund‹ kennen, weitgehend verzichtet. Es ist die Geschichte des vorzeitig pensionierten Lehrers Lars Lennart Westin, der bereits im ›Familientreffen‹ auftrat und wie Lars Gustafsson am 17. Mai 1936 geboren wurde. Er wohnt in einer kleinen Kate im nördlichen Västmanland am Ufer des Sees – ein freiwilliger, glücklicher Einzelgänger, bis er im Frühjahr erfährt, daß er im Herbst an einem tödlichen Krebsgeschwür sterben wird. Er lebt vom Verkauf des Honigs aus seiner Bienenzucht, er hat einen kleinen Garten, einen Kartoffelacker, einen Hund. In der Einsamkeit des kargen Landes und im Alleinsein mit der Todesgewißheit findet er zu seinem eigenen, verdeckten Ich. Indem er erkennt, daß für ihn Hoffnung und Sehnsucht nur noch Utopie sind, nimmt er mit Schmerzen seinen Tod an.

›Der Tod eines Bienenzüchters‹ ist bei aller Zurückgenommenheit der Stilmittel gegenüber den früheren Romanen in Vor- und Rückblenden, dem Wechsel von Reflexion und Realität, Erinnerung und bravourösen Science-fiction-Einlagen Lars Gustafssons wohl eindrucksvollstes und sensibelstes Buch.

Der Autor

Lars Gustafsson, der Lyriker, Philosoph, Romancier und Essayist, wurde 1936 in Västeras/Mittelschweden geboren, wo er auch heute noch lebt. Von ihm erschienen im Fischer Taschenbuch Verlag: ›Eine Insel in der Nähe von Magora‹ (Bd. 1401), ›Herr Gustafsson persönlich‹ (Bd. 1559) und ›Sigismund. Aus den Erinnerungen eines polnischen Barockfürsten‹ (Bd. 2092).

LARS GUSTAFSSON

DER TOD EINES BIENENZÜCHTERS

ROMAN

Aus dem Schwedischen
von Verena Reichel

FISCHER TASCHENBUCH VERLAG

Fischer Taschenbuch Verlag
Oktober 1980
Ungekürzte Ausgabe
Umschlagentwurf: Jan Buchholz/Reni Hinsch
Fischer Taschenbuch Verlag GmbH, Frankfurt am Main
Lizenzausgabe mit freundlicher Genehmigung
des Carl Hanser Verlags, München/Wien
Die Originalausgabe erschien bei Norstedt, Stockholm
© 1978 Lars Gustafsson
Deutsche Ausgabe:
© 1978 Carl Hanser Verlag, München/Wien
Gesamtherstellung: Hanseatische Druckanstalt GmbH, Hamburg
Printed in Germany
680-ISBN-3-596-22106-4

»Ihr Schweinehunde! Ihr Henkersknechte!
Ihr fürstlichen Foltermeister!
Habt ihr denn nicht begriffen?
Die ihr Zangen im Kohlenfeuer zum Glühen bringt!
Ich bin eigentlich ein Esel!
Mit dem Herzen eines Esels und dem Schrei eines Esels!
Ich gebe niemals auf!

(Aus der Lyriksammlung
Warme Zimmer und kalte, 1972)

VORSPIEL: AN EINEM MORGEN IN DEN CHISOSBERGEN NIMMT DER ERZÄHLER ABSCHIED

Das Sonnenlicht hatte die Schlucht noch nicht erreicht. Ein Kaktuszaunkönig weckte mich mit seiner klaren, durchdringenden Stimme. Es war bitter kalt. Ich kroch aus dem Schlafsack, ertastete meine Schuhe in der Dunkelheit und schlüpfte durch das Mückennetz.

Als ich hinauskam, drangen gerade die allerersten, nadelspitzen Sonnenstrahlen über die östlichen Gipfel. Ich blinzelte zur riesigen, wuchtigen Silhouette des Casa Grande hinauf.

Das ungeheure Licht, das sich jetzt über den Kamm tastete, ließ das gewaltige Felsmassiv wie eine düstere Burg erscheinen, von größeren Dimensionen als die, die Menschen bauen, ein Festungswerk für Engel oder Dämonen, das die Besatzungstruppen längst verlassen haben.

Als das Licht ein wenig höher gestiegen war und sich nun frei auf der gegenüberliegenden, westlichen Wand des Plateaus entfalten konnte, verwandelte es die Säulen, die einsamen, aufragenden Säulen dieser Sandsteinformationen in ein Orgelwerk, in die Fassade einer Barockorgel, in eine Lichtorgel.

Zu der klaren kleinen Stimme des Kaktuszaunkönigs im Dickicht der stämmigen Kakteen neben dem einfachen Reitweg gesellte sich nun ein Chor von seltsamen Vogelstimmen: Baumläufer, Inkatauben und das höhnische Krächzen großer schwarzer Krähen. Und ohne einen Laut schwebten zwei riesige Truthahngeier über der Schlucht. Zweihundert Meter über uns hingen sie reglos in der Morgenbrise.

John Weinstock, Professor für Altisländisch an der Universität von Austin und begeisterter Marathonläufer, saß schon in zerschlissenen Shorts und einem Netzhemd am Spirituskocher.

Er reichte mir einen Blechnapf mit schwarzem, bitterem Kaffee.

Der eigentliche Morgen war schon vorüber. In wenigen Stunden würden wir dreißig, vielleicht sogar fünfunddreißig Grad in der Schlucht haben. Die mexikanische Hochebene begann sich langsam aus dem Sonnendunst zu schälen, hinter der einzigen Lücke in den Berggipfeln, die uns der Blick darauf freigab – das »Fenster«.

Dort drüben auf der mexikanischen Seite mußte es schon sehr heiß sein. Die Ebene lag mehrere tausend Meter unter uns. Es war ein Morgen im Oktober 1974. Ich trank den bitteren, heißen Kaffee. Wie ein dünner Draht aus weißleuchtendem Silber schimmerte der Rio Grande tief unten durch den Sonnenrauch.

Ich dachte:

Wie sonderbar. Ich spüre nicht mehr viel von einem *Seelenleben.* In mir ist alles ganz klar und ruhig und leer. Da sind die Vogelstimmen und das flirrende rote Licht an diesem Orgelfelsen, da ist der bittere, kräftige Geschmack des reinen, ungezuckerten Kaffees. Aber keine Vorwürfe, keine Erinnerungen, keine Unruhe. Ich hänge in einem Gyroskop. Ich bin leer, rein und klar.

Vielleicht ist es mir am Ende doch noch gelungen. Vielleicht habe ich es *wegerzählt.*

– Would you like some more coffee?

Der Wind ist jetzt abgeflaut. Der Sturm ist vorüber. Es weht nicht mehr. Oder vielleicht habe ich es auch gelernt, mich mit der Geschwindigkeit des Windes zu bewegen, und spüre ihn daher nicht mehr.

Ihr freundlichen Leser, ihr sonderbaren Leser. Wir fangen noch einmal an. Wir geben nicht auf. Wir beginnen mit der fünften und letzten der fünf Erzählungen. Wie schlaue alte Stöberhunde bei einer Elchjagd in Västmanland – übrigens ist im Oktober in Västmanland Saison für die Elchjagd – nehmen wir die Spur dort wieder auf, wo wir sie verlassen haben, und folgen ihr bis zur blutigen Beute.

Wir fangen noch einmal an. Es ist Vorfrühling 1975, es beginnt mitten in der Schneeschmelze. Ort der Handlung ist das nördliche Västmanland.

Der frühere Volksschullehrer von Väster Våla, er heißt Lars Lennart Westin, wurde aber oft »Wiesel« genannt, ist vorzeitig pensioniert worden, als man die Schule geschlossen hat, die örtliche Volksschule in Ennora am nördlichen Ufer des Sees. Er verdient sich seinen Lebensunterhalt mit allen möglichen Dingen, vor allem mit dem Verkauf des Honigs, den seine Bienenzucht einbringt. Sie ist zeitweise ganz beachtlich

gewesen. Seit seiner Scheidung wohnt er in einer Kate auf der Landzunge in Höhe der Dörfer Vretarna und Bodarna, aber natürlich an der Ostseite des Sees. Er hat einen kleinen Garten, einen Kartoffelacker, einen Hund. Manchmal kommen Verwandte ihn besuchen. Er hat ein Telephon, einen Fernseher und ein Abonnement auf die *Västmanlands Läns Tidningen.* Seit er sich scheiden ließ, hat er keine nennenswerten Beziehungen zu Frauen gehabt.
Das »Wiesel« ist noch nicht besonders alt. Er wurde am 17. Mai 1936 geboren. Aber er sieht schon viel älter aus als Vierzig, verbraucht, mit schütteren Haaren, dünn. Er trägt eine von diesen Brillen mit schmalem Stahlrand, die den Eindruck der Magerkeit verstärken. Er lebt unter äußerst bescheidenen finanziellen Bedingungen, aber das ist nicht sein Problem.
Was nun folgt, sind seine hinterlassenen Aufzeichnungen. Hinterlassen: denn in diesem Frühjahr 1975 findet er mitten in der Schneeschmelze heraus, daß er den Herbst nicht mehr erleben wird. Er hat ein tödliches Krebsgeschwür, das mit der Zeit, viel zu spät, in der Milz lokalisiert worden ist, mit starken Metastasen im umgebenden Gewebe.
Die Stimme, die ihr von jetzt an hören werdet, ist seine, nicht meine, und deshalb nehme ich hier von euch Abschied.

1. Das gelbe Notizbuch

Gefunden auf dem Regal über dem Spülstein, unliniert, Format 16 × 6 cm, 80 Blatt, davon 76 voll beschrieben. Gelber Umschlag mit der Aufschrift: REICHSVERBAND DER SCHWEDISCHEN IMKER.

Enthält sehr persönliche und sehr unpersönliche Aufzeichnungen. Zu den letzteren gehören eine Reihe von monatlichen Abrechnungen der Haushaltsausgaben, Anmerkungen und Notizen über verschiedene Vorkehrungen an den Bienenstöcken. Davon konnten natürlich nur einige andeutende Stichproben in diese redigierte Fassung aufgenommen werden.

Begonnen im Februar 1970.

2. Das blaue Notizbuch

Gefunden auf der obersten Buchreihe im Bücherregal. Format A 4, liniert, blauer Umschlag mit dem Aufdruck *Buchhandlung Sjöberg Västerås.* Enthält 112 Blatt, davon 97 beidseitig benutzt.

Enthält verschiedene eingeklebte Zeitungsausschnitte, Auszüge aus Westins Lektüre und seine eigenen Erzählungen.

Begonnen nicht vor Sommer 1964.

3. Das beschädigte Notizbuch

Sogenannter Telephonblock. Die untere Hälfte des Umschlags ist abgerissen. Aufdruck: WER HAT [ANGERUFEN?]. Gefunden neben dem Telephon auf der Ablage gegenüber dem Spülstein in der Küche. Enthält örtliche Telephonnummern, einige wenige Nummern anderer Ortsnetze und eine kleinere Anzahl von Notizen, die sich auf den Krankheitsverlauf beziehen.

Begonnen nicht vor 1970.

1. DER BRIEF

... Wind kam auf, ja, es wehte ein ganz warmer Wind. Es war Ende August im vorigen Jahr, der Hund war weggelaufen, er fing damals gerade mit dem Ausreißen an, und ich ging ihn gegen elf Uhr abends suchen. Der Himmel war bedeckt, es war so dunkel, daß man die Baumkronen nicht mehr sehen konnte, aber man hörte den Wind ständig hindurchstreichen. Es war immer derselbe, gleichbleibend starke, eigentümlich warme Wind. Ich erinnere mich, schon einmal etwas Ähnliches erlebt zu haben, aber ich weiß nicht mehr genau wann.

Als ich auf den Pfad zu den Sundblads kam, der ja am See entlangführt, den Duft des Wassers roch und die Wellen schlagen hörte, ohne sie in der Dunkelheit zu sehen, spürte ich deutlich, wie ein kleiner Frosch über meinen Schuh hüpfte.

Da tat ich etwas, was ich bestimmt seit den fünfziger Jahren nicht mehr gemacht habe. Ich bückte mich rasch und streifte kurz vor der Stelle, wo er sein mußte, mit meinen zur Schale geformten Händen durch das Gras.

Dieser alte Trick funktioniert immer. Er hüpfte mir direckt in die Hände, und ich konnte ihn in der Rechten wie in einem Käfig gefangenhalten, so klein war er.

Einen Augenblick hockte er wie gelähmt da, und ich verschränkte die Hände zu einem größeren Käfig.

Da stand ich nun und horchte auf den Wind, einen Frosch in meinen Händen wie in einem Käfig eingeschlossen, und immer strich derselbe warme Wind unablässig durch die Bäume. Ein säuerlicher Duft kam von den Sümpfen im Uferwald. Ich spürte deutlich, wie der Frosch in meinen Händen zitterte.

Und dann pinkelte er mir plötzlich direkt auf die Hand.

Ich glaube, das ist eine Erfahrung, die nicht viele Menschen gemacht haben.

Die Pisse eines Frosches ist eiskalt. Ich war so überrascht, daß ich die Hände öffnete und ihn davonhüpfen ließ. So stand ich ganz ergriffen da, über mir den Wind, der durch die Baumkronen strich, und die Hand kalt von der Pisse eines Frosches.

Wir fangen noch einmal an. Wir geben nicht auf.

(Das gelbe Buch I:1)

Den Hund fand ich bei den Sundblads. Er war den ganzen Nachmittag über dort gewesen, hatte Pfannkuchen und Wasser bekommen. Das wirklich Peinliche war: Als ich ihn mitnehmen wollte, mochte er überhaupt nicht. Er sträubte sich und stemmte die Pfoten gegen den Flickenteppich in der Küche.

Das war peinlich. Sie hätten ja den Eindruck bekommen können, ich behandelte den Hund so schlecht, daß er es nicht wagte, mit mir nach Hause zu gehen. Aber das stimmt ja gar nicht.

Es ist etwas anderes, und ich begreife einfach nicht, was es sein kann. Es sieht wirklich so aus, als sei der Hund auf eine sonderbare Weise erschreckt worden, und zwar nun schon zum drittenmal innerhalb weniger Wochen. Ich behandle ihn doch genauso, wie ich es seit elf Jahren getan habe. Mag sein, daß ich manchmal ein bißchen kurz angebunden bin, aber erschreckend kann ich dadurch doch auf keinen Fall wirken. Der Hund kennt mich in- und auswendig, er hat mich schon gekannt, als er noch ein Welpe war.

Es gibt nur eine einzige vernünftige Erklärung: Der Hund wird allmählich so alt, daß in den Geruchsempfindungen, die in seinem Gehirn gespeichert sind, irgendwelche subtilen Veränderungen vorgehen. Und dann erkennt er mich ganz einfach nicht mehr.

Zum einen glaube ich, daß er furchtbar schlecht sieht, zum anderen ist das Sehvermögen für ihn überhaupt nicht wichtig.

In einem Winter Anfang der sechziger Jahre lief ich einmal in einer Skispur auf den Hügeln am See Märrsjön entlang. Damals war ich noch Volksschullehrer in der alten Schule von Ennora, bevor sie nach Fagersta verlegt wurde, und konnte nur samstags und sonntags Ski laufen. Es war ein schöner Sonntag im Februar, eine Menge Leute waren in der Spur unterwegs, und als ich über einen Hügelkamm kam, sah ich einen blauen Anorak, der sich nur dreißig Meter vor mir befand.

Der Hund war die ganze Zeit einige Meter vor mir hergelaufen, und er wußte ganz genau, daß dieser Mann da war, schon seit einigen Kilometern war er als Geruchsprofil, als Witterung im Riechzentrum des Hundegehirns registriert.

Nun fährt der Mann, der schon ein wenig älter ist, zur Seite,

um irgendwas zu richten oder auch nur um mich vorbeizulassen, da ich so dicht hinter ihm bin.
Hol mich der Teufel, wenn der Hund nicht direkt in ihn hineinläuft, so daß der Mann sich in der Spur fast auf den Hintern gesetzt hätte!
Für den Hund existiert kein blaugekleideter Mann, es gibt nur eine interessante Witterung, der er folgt und die immer stärker wird, und er verläßt sich so blindlings darauf, daß er nicht einmal den Kopf hebt, als er den Mann fast umrennt.
Es hängt bestimmt mit dem Geruchssinn zusammen. Und daran ist nichts zu ändern. Er ist immer ein netter Hund gewesen. Und ich hoffe, daß er noch lange durchhält.
Ich begreife nicht, was in ihn gefahren ist. Es scheint wirklich so, als würde der Hund mich nicht mehr erkennen. Oder richtiger gesagt: Er erkennt mich, aber nur ganz aus der Nähe, wenn ich ihn dazu bringen kann, mich wirklich zu *sehen* und auf mich zu *hören*, statt nur nach der Witterung zu gehen.
Es gibt natürlich noch eine andere Erklärung, aber die ist so verrückt, daß ich nicht daran glauben kann.
Daß ich ganz plötzlich einen anderen Geruch bekommen habe, auf irgendeine verdammt subtile Art, die nur der Hund wahrnehmen kann.

(Das gelbe Buch I:2)

Im letzten Herbst hätte eine Menge an den Bienenstöcken getan werden müssen, neues Holzfutter, neue Fluglöcher an einigen davon, Reparatur der Rahmen, Isoliermaterial, aber aus irgendeinem unbegreiflichen Grund habe ich mich nicht dazu aufraffen können. Ich verstehe nicht ganz, wie das kommt. Aus einem unklaren Grund muß ich in diesem Herbst sehr träge und passiv gewesen sein. Gott sei Dank scheint der Winter jetzt, Ende Januar, außergewöhnlich warm zu werden. Es regnet Tag für Tag, und ich bleibe ein bißchen länger als gewöhnlich in der Winterdunkelheit im Bett liegen, einfach weil es schön ist, den Regen aufs Dach fallen zu hören.

Aber angenommen, es wird im Februar über Nacht wieder kalt? Was zum Teufel soll ich dann tun? Die Holzverschalung der Stöcke ist mit Wasser durchtränkt, die Teerpappe auf den Dächern ist an vielen Stellen beschädigt. Sie werden ganz einfach erfrieren. Zur Strafe für meine Faulheit im letzten Herbst werde ich drei, vier Stöcke verlieren.

Finanziell würde das keine Rolle spielen, da ich endlich das Wohngeld von der Gemeinde erhöht bekommen habe, aber dann sterben lebendige Geschöpfe, und das tut mir irgendwie weh.

Eine merkwürdige Sache, über die ich letzte Woche mit Isacsson aus Ramnäs am Telephon sprach:

Wenn ein Bienenvolk stirbt, ist das ungefähr so, als wäre ein Tier gestorben. Man vermißt eine Persönlichkeit, fast wie bei einem Hund oder zumindest wie bei einer Katze.

Eine tote Biene ist einem völlig gleichgültig; man fegt sie einfach weg.

Das Sonderbare ist, daß die Bienen genau die gleiche Einstellung haben. Einen so totalen Mangel an Interesse für den Tod der anderen gibt es nicht bei vielen Tierarten. Zerdrücke ich ein paar Bienen, wenn ich einen Rahmen zu nachlässig einsetze, dann schleppen die andern sie weg, als handele es sich um irgendwelche kaputten Maschinen. Aber zuerst holen sie sich immer die Pollen, falls welche da sind.

Wenn sie es nun selbst auf die gleiche Art empfinden? Daß es der Schwarm ist, der die Individualität, die Intelligenz darstellt.

Es gibt enorm persönliche Völker. Es gibt faule und fleißige, aggressive und sanfte Bienenvölker. Es gibt sogar leichtsin-

nige und unsolide, und weiß der Teufel, ob es nicht Völker gibt, die Sinn für Humor haben, und andere, denen er fehlt.
Zum Beispiel das Schwarmfieber! Das ist genau wie bei einem nervösen, launischen, ungeduldigen Menschen. Schlechter Liebhaber; keine Geduld.
Und die einzelne Biene ebenso unpersönlich wie ein Rädchen oder eine Schraube in einem Uhrwerk.

(Das gelbe Buch I:3)

Im August, als die Kinder hier waren, wollten sie mit mir Federball spielen. Für Kinder aus einer geschiedenen Ehe haben sie glaube ich wirklich sehr angenehme Sommerferien gehabt. Sie waren ja mehrmals hier. Im Juni und im August.
Bei dieser Gelegenheit jedenfalls, als wir Federball spielten, fühlte es sich *ganz genauso* an.
Aber damals war ich ganz sicher, daß es ein Hexenschuß war, und vergaß die ganze Sache wieder. Ich glaubte natürlich, daß ich einen Rückenmuskel gezerrt hätte. Ich mußte sofort mit dem Spiel aufhören.
Aber gibt es einen Hexenschuß, der so verdammt weh tut, daß man davon einen Blutgeschmack im Mund kriegt?

(Das gelbe Buch I:4)

Ist das schwedische Volk geduldiger als andere Völker? Ich weiß nicht viel darüber. Ich habe in meinem Leben das Reisen versäumt. Zwei Radtouren durch Dänemark Anfang der fünfziger Jahre, ein Tischtennisturnier in Kiel und mehrere Wanderungen über die Grenze nach Norwegen, ganz oben beim Femundsee über Orsa und Idre, das ist ja nicht gerade viel. Ich neige dazu, die Welt außerhalb Schwedens als etwas Literarisches zu betrachten, etwas, das in Büchern und Zeitschriften vorkommt.
Sehr große Entfernungen erschrecken mich. Paris ist etwas, das in den Tagebüchern der Brüder Goncourt existiert, das modernste London ist das der frühen Romane von Aldous Huxley.
Wenn ich wirklich an diese Orte käme, würde ich mich vermutlich nicht zurechtfinden. Ich würde sie als belanglos empfinden. In der Länszeitung sehe ich gerade, daß es inzwischen Wolkenkratzer in Paris gibt.
In meinem System herrschen verschiedene Zeiten an verschiedenen Orten. In Paris beispielsweise hat sich der Mörtelstaub der Kommune noch kaum gelegt. Was herrscht hier für eine Zeit? Die Jetztzeit.
Ob also das schwedische Volk geduldiger ist als andere Völker? Vorgestern das Wartezimmer der Röntgenstation im Bezirkskrankenhaus von Västerås. Starker Geruch von Wollsachen, nassen Wollsachen. Alles voll mit Leuten, auf Stühlen, auf Bänken, überall. Ein Junge mit einem fürchterlichen Bluterguß auf der ganzen rechten Gesichtshälfte. Er war am Abend davor mit dem Moped verunglückt und hatte Schmerzen. Ein alter Mann aus Kolbäck, der mit dem Morgenbus gekommen war. Er hoffte sehr, daß er den letzten Bus am Abend noch erreichen würde. »Das geht langsam hier.« Er war in derselben Woche schon einmal dagewesen. Alle hatten einen Nummernzettel in der Hand. Die Mysterien der Reihenfolge; manchmal holt die Krankenschwester zwei oder drei Patienten auf einmal herein, manchmal nur einen einzigen. Manchmal hört der gesamte Verkehr für eine Stunde auf. Und wie alle jedesmal *aufschauen,* wenn die Schwester hereinkommt.
Wie ein mechanisches Glockenspiel, bei dem sich die Figuren einmal in der Stunde bewegen; eine Tür geht auf, jemand kommt heraus, jemand geht hinein. Ein stockbesoffener Kerl

mit massenhaft Pflastern auf der Stirn, unter den Augen, auf dem Kinn, wird von zwei Polizisten hereingeführt. Er kommt gleich dran.

Von den sechzig oder siebzig Menschen im Raum müssen die meisten mehr oder weniger starke Schmerzen haben. Bei einigen ist es an der Art zu sehen, wie sie sitzen, an der Art, wie sie aufstehen und unruhig im Zimmer auf und ab laufen.

Aber kaum jemand redet darüber, sie sagen noch nicht einmal, daß ihnen etwas weh tut (und dieses »weh tun« kann alles bedeuten, in einem Spektrum von leichten Beschwerden bis zu stechenden Schmerzen). Sie reden vielmehr über schlechte Busverbindungen, über Schienenbusse, über Besuche und Gegenbesuche. Es scheint so, als lebten manche nur dafür, hin und wieder ins Krankenhaus zu gehen. Sie fühlen sich dort gar nicht so unwohl. Ihre Krankheit gibt ihnen eine Identität. Das gilt für einige der Ältesten und Anspruchslosesten.

Durch ihre Krankheit wecken sie ein Interesse, das ihnen niemand je in gesundem Zustand entgegengebracht hat.

Irgendwas von ihrer Geduld reizt mich fürchterlich, macht mich aggressiv. Sie sollten sich nicht damit abfinden ... Womit? Damit, daß sie so lange warten müssen, bis sie mit dem Röntgen drankommen, mit der sonderbar unpersönlichen, fast fabrikmäßigen Behandlung, wobei es niemanden kümmert, daß sie den ganzen Tag da sitzen, nachdem sie so früh morgens an winterlichen Bushaltestellen gewartet haben, daß sie da sitzen und darauf warten, an die Reihe zu kommen, ohne etwas gegessen zu haben, vor lauter Angst, ihren Platz auf der Warteliste zu verlieren?

Und trotzdem immer eine Art kameradschaftlicher Zusammenhalt, immer jemand, der sich bereitfindet, einen zu alarmieren, falls die Schwester gerade dann den Namen aufruft, wenn man zum Rauchen auf dem Klo ist. Oder meine ich, daß es der Schmerz selbst ist, gegen den sie protestieren sollten, mit dem sie sich nicht abfinden sollten? Proletarier der Schmerzen, vereinigt euch!

(Das gelbe Buch I:5)

WAS MICH NICHT UMBRINGT, MACHT MICH STÄRKER. (Friedrich Nietzsche, deutscher Philosoph, 1844–1900)

(Das gelbe Buch I:6)

Februar 1975

Kaufmann	−375,40	
Zucker	− 42,90	
Tabak	− 32,50	
Nägel und Beschläge	− 16,00	
Arztbesuch	− 7,00	
Öl und Benzin	− 75,00 (cirka)	
Ausgaben insgesamt	−548,80	
Reichsverband der Imker, Bonus		+ 16.–
Kaufmann, Honig		+255.–
Krankenkasse		+304.–
Sundblads Pumpenmotor repariert		+ 50.–
Bruttoeinkommen im Februar		+625.–
Saldo		76.–

(Das gelbe Buch I:7)

Als der Brief vom Bezirkskrankenhaus in Västerås endlich kam, mochte ich ihn nicht aufmachen, sondern legte ihn zur Seite, blätterte Zeitungen und Zeitschriften durch, sah mir ein paar Rechnungen an und stellte fest, daß ich es mir ohnehin erst im nächsten Monat leisten könnte, sie zu bezahlen, und nahm schließlich den Hund zu einem ordentlichen, langen Spaziergang mit.

Es war ein graues, angenehmes Februarwetter, ziemlich kalt und daher nicht allzu feucht, und die ganze Landschaft war wie mit Bleistift gezeichnet. Ich weiß nicht, warum ich sie eigentlich so gern mag, sie ist ziemlich karg, und doch bekomme ich es nie satt, mich darin zu bewegen. Einen nicht unbeträchtlichen Teil meines Lebens habe ich hier verbracht.

Solange ich verheiratet war, wohnte ich in Trummelsberg und fuhr mit dem Auto zu den Schulen; sie haben ja im Laufe der Jahre öfter gewechselt. Da ich sowohl zum Volksschullehrer als auch zum Werklehrer ausgebildet bin, konnte ich mir die Arbeit in den letzten Jahren ziemlich frei aussuchen, als eine Schulzusammenlegung auf die andere folgte. Und ich wurde immer mehr zum Werklehrer. Ich fand, die Klassen wurden allmählich zu groß, und außerdem hatte ich dadurch bessere Arbeitszeiten.

Als ich mich dann hatte scheiden lassen, bin ich hergezogen, bin tiefer in die Landschaft hineingezogen, könnte man sagen, und habe zugleich den Lehrerberuf aufgegeben. Es blieb sowieso kein Geld übrig, nachdem der Unterhaltsbeitrag bezahlt war, und daher habe ich einfach aufgehört, Geld zu verdienen, und habe mir statt dessen dreißig Bienenvölker angeschafft.

Zu meinem Erstaunen hat es sich gezeigt, daß das genauso gut geht. Krisen entstehen nur dann, wenn ich irgendwo hinfahren muß, wie jetzt zum Krankenhaus.

Als der Brief vom Bezirkskrankenhaus endlich kam, legte ich ihn einfach zur Seite und machte einen Spaziergang. Ich fühlte mich ganz ruhig und betrachtete sehr gründlich all die kahlen Laubbäume am Weg. Ich bin ganz verliebt in dieses kahle Geäst vor einem bleifarbenen Himmel. Es ist, als seien es Buchstaben in einer fremden Sprache, die etwas mitzuteilen versuchen.

Die ganze Gegend mit ihren verrammelten Sommerhäuschen, schneebedeckten Gärten, aufgebockten Booten ist jetzt eigentlich unvergleichlich viel schöner als im Sommer. Dann wimmelt es hier von Leuten, eine ganze Reihe davon habe ich im Laufe der Jahre kennengelernt, manche laden mich sogar zu sich ein, auf ein Kartenspiel oder um ein Gläschen auf der Veranda zu trinken, und das ist ein angenehmes Gefühl. Ich bin keineswegs ein ungeselliger Mensch. Aber das hier, das ist das eigentliche Leben. Ob gut oder schlecht, ob einsam oder schön, es ist mein eigentliches Leben. Und jetzt versucht etwas, das stärker ist als ich, stärker als alle Gerichte und Regierungen und Behörden, es mir wegzunehmen.

Gerecht ist das nicht.

Als ich um die ganze Landzunge herumgelaufen war und dabei übrigens eine Elchfamilie aufgestöbert hatte, die direkt hinter der Scheune auf Bruslings Wiese herumschnupperte, war ich zu folgender Überlegung gekommen:

Entweder steht in diesem Brief, daß es nichts Schlimmes ist. Oder es steht darin, daß ich Krebs habe und sterben werde. Und natürlich steht höchstwahrscheinlich darin, das ich welchen habe.

Das Klügste für mich wäre, ihn nicht aufzumachen, denn wenn ich ihn nicht aufmache, wird es immer noch eine Art Hoffnung geben.

Und durch diese Hoffnung bekomme ich einen Bewegungsspielraum. Einen kleinen, gewiß, denn es wird deshalb nicht aufhören weh zu tun, aber es wird ein ganz allgemeiner Schmerz sein, er wird mich an nichts Besonderes erinnern, ich werde ihn in mein Leben integrieren können, warum sollte ich das nicht schaffen? Ich habe mich ja schon mit so vielen anderen Dingen abfinden können.

Als der Brief schließlich eintraf, machte ich mit dem Hund einen Spaziergang um die ganze Landzunge herum, und als ich zurückkam, hatte ich einen Entschluß gefaßt: Ich werde ihn niemals aufmachen.

Er stand neben dem Essensgedeck auf dem geblümten Tischtuch in der Küche, die Vögel pickten draußen auf dem Vogelbrett wie zuvor, es hatte inzwischen noch mehr getaut, es tropfte tatsächlich schon von der Dachrinne. Ein brauner Umschlag mit einem Fenster, in der linken oberen Ecke stand: Bezirkskrankenhaus Västerås, Zentrallaboratorium.

Ich befühlte ihn. Es war nur ein einziges Blatt darin, offenbar in der Mitte gefaltet. Ich hielt ihn gegen das Fenster. Man konnte nicht hindurchsehen.
Wenn ich ihn aufmache, dachte ich, wie wird er mich dann verändern? Wenn darin steht, daß ich nur noch einige Monate zu leben habe, werde ich dann wie versteinert sein? Gelähmt? Werde ich mich in irgendein Krankenhaus legen müssen? Wahrscheinlich, und die letzten Monate in einem Bett verbringen, mit immer stärkeren Schmerzen, immer magerer und kraftloser werden und nicht mehr Herr meiner eigenen Lage sein.
Aber wenn ich ihn jetzt aufmache, und es steht darin, die Laboruntersuchung habe gezeigt, daß die entnommenen Proben von gutartigen Geschwulsten stammen? Daß es ein Magengeschwür ist, ein Gallenstein, und mit einer Operation und der entsprechenden Diät behandelt werden muß, und daß es lebensgefährlich ist, mit einem Gallenstein herumzulaufen, ohne sich von einem Arzt behandeln zu lassen?
Wenn es mir nun immer schlechter geht, falls ich diesen Brief nicht aufmache? Vielleicht kommt mit der Zeit ein neuer Brief, aber dann wird es wahrscheinlich schon viel zu spät sein.
Als der Brief kam, machte ich ihn nicht auf, sondern ging zunächst lange mit dem Hund spazieren.
Als ich wieder nach Hause kam, hatte ich mit dem Gedanken zu spielen begonnen, ihn überhaupt nicht aufzumachen.
Irgendwie spielte ich ein wenig zu lange mit diesem Gedanken, nur eine Zehntelsekunde zu lang, aber das genügte.
Wenn dieser Brief meinen Tod enthält, dann verweigere ich ihn.
Mit dem Tod soll man sich nicht einlassen. Ich hatte das Glück, das schon ziemlich früh zu lernen, es ist eine Regel, die mir in meinem ganzen Leben schon viel Nutzen gebracht hat.

Nach Wilhelm Wundt, der zu seiner Zeit einen ganz beachtlichen Ruf als Psychologe hatte, wie ich dem Nordischen Konversationslexikon entnehmen kann, gibt es drei Arten von Schmerzempfindungen. Es gibt dumpfe Schmerzen, stechende Schmerzen und brennende Schmerzen.
Im Unterschied zu den Bezeichnungen für den Farbensinn

hat die Sprache keine speziellen Wörter entwickelt, um diese verschiedenen Empfindungen zu kennzeichnen. Sie haben keine eigenen Namen.
Vielleicht liegt das daran, daß zwei Menschen dieselbe Farbe sehen können, daß aber zwei Menschen unmöglich denselben Schmerz empfinden können?
Meiner ist dumpf. Nicht nur dumpf. An manchen Tagen ist er auch brennend, aber meistens ist er dumpf.
Ich glaube, es fing tatsächlich in jener Nacht an, als der Hund weggelaufen war, denn tief in meinem Schlaf spürte ich zum erstenmal diese besondere, dumpfe Spannung in der Nierengegend, ungefähr als würde jemand einen Fußball aufpumpen, den er dort hineingeschmuggelt hatte, pulsierend, langsam, ohne jede Rücksicht darauf, ob ich mich bewege oder nicht.
Jedenfalls bemerkte ich ihn zum erstenmal in der Nacht, als der Hund weggelaufen war.
Er beginnt meist in der Nacht, ich träume von ihm, lange bevor er mich geweckt hat, er existiert als etwas Bedrohliches in meinem Traum, und ich versuche mich ständig davon *abzuwenden,* nicht hinzusehen, ich drehe im Traum buchstäblich den Kopf von ihm weg, und er kommt trotzdem immer näher, zwingt mich *ihn zu sehen* und weckt mich.
Noch bis Weihnachten haben die Tabletten ganz gut geholfen – ich bekam sie zuerst in Fagersta, als sie noch glaubten, es sei ein Nierenstein. (Ganz zu Anfang dachte ich übrigens, es sei ein Hexenschuß, und später, es sei die Prostata, aber wie sich herausstellte, hatte ich nicht die geringste Ahnung davon, wo es bei einer Prostataentzündung weh tut.)
Jetzt, eine Weile nach Weihnachten, zeigt es sich, daß die ziemlich starken Tabletten gegen den Nierenstein – ich bekomme sie Gott sei Dank ständig neu verschrieben – ihn nicht mehr dämpfen können. Nicht der Schmerz ist stärker geworden, sondern die Tabletten, d. h. mein Nervensystem, haben ihn irgendwie aus dem Griff verloren.
Er gibt mir wieder einen Körper; seit der Pubertät habe ich nicht mehr so stark empfunden, daß ich einen Körper habe. Ich bin intensiv darin anwesend.
Nur ist dieser Körper der falsche. Es ist ein Körper, in dem es glüht.
Und dann natürlich die Hoffnungen. Letzte Woche war ich

einige Tage lang ganz sicher, er würde wirklich langsam verschwinden, alles war wie sonst, ich hatte fast vergessen, wie normal mein Körper sein konnte, bevor der Schmerz da hinten am Rücken ernstlich begann. Ich wagte natürlich kaum zu hoffen, hoffte aber doch.

Ich machte kleine Spaziergänge und merkte, daß der Schmerz in den letzten Monaten tatsächlich die ganze Landschaft sonderbar gefärbt hat. Hier steht ein Baum, an dem es besonders weh tat, dort ein Zaun, gegen dessen Pfosten ich im Gehen mit der Hand schlug. Kam ich an diesen schmerzfreien Tagen zurück, war der Schmerz sozusagen am Zaun hängengeblieben.

Der Schmerz ist eine Landschaft.

Dann kehrte er natürlich zurück, am Sonntagabend, nicht auf einmal, sondern langsam, in kleinen Anläufen, ungefähr wie ein Hund, der schnuppernd eine Spur verfolgt.

Es brauchte ziemlich viele Arztbesuche, bis sie sich die Frage stellten, ob es möglicherweise Krebs sein könnte. Und dann noch eine Menge weiterer Arztbesuche und viele Tage in Wartezimmern mit diesem Proletariat der Schmerzen, bis sie sich entschlossen, alle möglichen Gewebeproben und Blutproben zu entnehmen und Kontrastuntersuchungen zu machen. Es dauerte ziemlich lange, bis alle Proben entnommen waren. Es wurde November, es wurde Dezember.

Dann hörte ich überhaupt nichts mehr von ihnen, erst gestern, also am letzten Februar.

Als der Brief schließlich kam, machte ich ihn nicht sofort auf. Statt dessen machte ich einen langen Spaziergang mit dem Hund und dachte über die Situation nach. Die Landschaft war unverändert, sehr grau, nackte Bäume mit rührenden Bleistiftzweigen. Auf dem See dickes Eis mit feuchtem Schnee darauf, jetzt endlich, im Februar.

Ich saß eine ganze Weile da und starrte den Brief an, fühlte nach, wie dick und wie schwer er war, bis es in der Küche viel zu kalt wurde, weil der Küchenofen mangels Holz ausging. Als ich endlich aufschaute, wurde es draußen schon dunkel. Es war schon tiefer Nachmittag, ein typischer Nachmittag im Februar, an dem die erste Dämmerung bereits gegen vier beginnt.

Schließlich ging ich doch noch hinaus, holte Holz und brachte den Ofen wieder in Gang.
Diesen Brief benutzte ich als Fidibus.

(Das gelbe Buch I:8)

2. EINE EHE

... zu diesem Thema fällt mir übrigens die recht merkwürdige Geschichte einer Begegnung ein. Es gibt in dieser Gegend eine jüngere Dame, fast noch ein Mädchen, die sehr gut aussieht und eine attraktive Figur hat. Ich hatte sie immer nur aus einem Abstand von mindestens fünfzig Metern gesehen und fand sie ganz schön. Sie hatte eine auffallend frische Gesichtsfarbe, ihre großen Augen waren sehr dunkel, ihr Hals lang und weiß. Ich hatte schon lange eine sehr zärtliche, verlockende Vorstellung, mich in sie zu verlieben; aber ich sah sie nirgendwo anders als bei den Orgelkonzerten in der Kirche von Väster Våla. In den Jahren nach meiner Scheidung verkehrte ich außerhalb meiner Arbeit nur mit sehr wenigen Menschen.

Dann wollte ich doch endlich einmal sehen, ob es stimmte, was ich mir über sie einbildete, und fand eine gute Gelegenheit dazu. Bei einem Konzert des Köping-Quartetts ging ich in der Pause in der Vorhalle der Kirche zu ihr und begrüßte sie.

Ich hatte keinen anderen Plan, keine andere Absicht, als einfach nur zu hören, was sie sagen würde. Ich sprach sie also auf eine neutrale, höfliche Art an, aber in dem Moment, als ich den Mund aufmachen wollte, um mich ihr vorzustellen, und sie dabei zum erstenmal richtig ansah, hätte ich am liebsten geschwiegen.

Ich sah eine Menge von scheußlichen kleinen Pickeln oder Pusteln in ihrem Gesicht, als hätte sie eine eigentümliche Hautkrankheit, und das ließ mich sofort meine Absichten ändern. Trotzdem setzte ich das Gespräch fort, und sie antwortete im Plauderton, auf eine sehr nette und höfliche Art.

Um die Wahrheit zu sagen: Es ist nicht auszuschließen, daß ich ihre Bekanntschaft zufällig gerade an einem dieser lästigen und unpassenden Tage machte, an denen der Sex sich von selbst verbietet; sie gilt in dieser Gegend wirklich als eine Schönheit.

Trotzdem fühlte ich mich nach dieser Begegnung irgendwie erleichtert. Ich wurde dadurch von etwas befreit, das nach dem nicht ganz angenehmen Beginn einer Beunruhigung aussah. Und das vielleicht etwas mit der schlechten Gewohnheit zu tun hatte, mich an alle möglichen Objekte zu fixieren, die meine unruhige Aufmerksamkeit fesseln.

...

Aber man muß sich natürlich fragen: Wenn wir jemanden lieben, oder besser gesagt uns in jemanden verlieben, in was verlieben wir uns dann eigentlich?
Lieben wir unsere Vorstellung von einem Menschen oder den Menschen selbst?
Vielleicht können wir nur mit unseren eigenen Vorstellungen in Beziehung treten? Vielleicht sind wir immer nur in unsere eigenen Vorstellungen verliebt?

...

Liebe und geographische Entfernung. Wenn ein Mensch, den man liebt, mit dem Zug wegfährt, empfindet man manchmal ganz deutlich eine Art von Erleichterung. Man entrinnt der Wirklichkeit und kann ruhig wieder dazu übergehen, mit einer Vorstellung zu leben.
Was ist die maximale Entfernung, aus der man einen Menschen lieben kann? Ein Mädchen, das ich in meiner Schulzeit innig liebte, sie hieß Monica, wanderte nach Kalifornien aus. Wir haben uns viele Jahre lang Briefe geschrieben, aber dann schlief das Ganze natürlich ein.
Existierte sie damals (für mich)? Oder war es schon längst nur noch eine Vorstellung, mit der ich in Beziehung stand?
Was ist die maximale Entfernung, aus der man einen Menschen lieben kann? 1000 Kilometer? 25 Kilometer? Es ist ein alter Wunschtraum von mir, eine Geliebte in Skultuna zu haben. Das ist eine wunderbare Entfernung, man fährt genau eine halbe Stunde dorthin. Im Sommer vielleicht ein bißchen schneller, wenn es glatt ist dafür ein bißchen langsamer.
Was ist die maximale Entfernung, aus der man einen Menschen lieben kann?
Antwort: Weniger als ein Millimeter. Und namenlos.

...

Als die Scheidung schließlich beschlossen war und Margareth schon allmählich überlegte, wie sie sich eine Wohnung in Västerås beschaffen sollte, geschah etwas Merkwürdiges. Wir gingen in der Wohnung herum, schauten uns verschiedene Sachen an und überlegten, welche Bücher ihr gehörten, welche mir, wo sie dies und jenes gekauft hatte, ob sie diesen alten Aktenschrank mitnehmen sollte oder nicht.

Wir bekamen beide eine richtig gute Laune, waren fast ausgelassen. Wir alberten herum und redeten miteinander, wie wir es seit über zwei Jahren nicht mehr getan hatten, wir waren beide irgendwie erleichtert und erstaunt darüber, wie wirklich sich der eine für den anderen ausnahm.
Wir brauchten nicht mehr mit Vorstellungen zu leben.

(Das blaue Buch I:1)

... Februar 1968 oder 1969, ich war – ich weiß bis heute nicht warum – zum stellvertretenden Vorsitzenden des Verbands Schwedischer Feldbiologen gewählt worden. Wir hatten unsere Jahresversammlung im Medborgarhuset in der Stockholmer Südstadt abgehalten, und als ich in den Februarabend hinauskam, es muß gegen sechs gewesen sein, war es schon ganz dunkel. Ich wohnte im Hotel Malmen auf der gegenüberliegenden Straßenseite, aber da ich nicht recht wußte, was ich machen sollte, entschloß ich mich zu einem Spaziergang, obwohl es zehn Grad unter Null war.
Ich ging die Folkungegatan hinunter; kaum ein Mensch war unterwegs, obwohl Sonntag abend war, der Neumond stand am Himmel, eine dünne Schneeschicht lag sogar auf den Fahrspuren.
Ich ging bis zum Hafen hinunter und dann die Stigbergsgatan hinauf, auf dem Weg zur Sista Styfverns Trappa, durch gleichsam vergessene Viertel, die sich seit August Strindbergs Tagen nicht im geringsten verändert haben, eine eigentümliche, kalte Stadt hoch oben in Skandinavien, rote Holzhäuschen am Berghang, Holztreppen, Häuser mit einem Teerduft, Namen, die an die Ostsee erinnern, an Esten und Finnen, eine Stadt in der Stadt, die genauso aussieht wie die Städtchen meiner Heimatprovinz und ebenso ausgeliefert ist wie sie, eine Stadt, in der alles von oben gekommen ist, Verordnungen, Steuern, Einberufungen zu Armeen, die in slawischen Sümpfen erfroren sind, sogar die bürgerliche Revolution ist von oben gekommen.
Ich war etwas erschöpft, nachdem ich den ganzen Tag in einem verräucherten, schlecht gelüfteten Raum im Medborgarhuset gesessen hatte, es hatte ziemlich schwierige Debatten über den Etat der Feldbiologen gegeben, und außerdem hatte ich ständig über etwas anderes nachgegrübelt, worüber ich hier nicht reden möchte.
Wie ich hinauskomme, habe ich keinen anderen Gedanken mehr im Kopf als den, daß ich die Folkungagatan hinuntergehen will. Ich gehe mechanisch, meine Schaffellmütze weit über die Ohren gezogen. Block für Block, ohne eigentlich an irgendwas Bestimmtes zu denken.
Als ich bei den Lagerhäusern am Stadsgården ankomme, wird mir plötzlich klar, daß ich doch an etwas gedacht habe: *an meine Kindheit in Stockholm.*

Es ist Winter, irgendwann um 1880 herum, sehr kalt, viel Schnee. Wir wohnen in den niedrigen Holzhäusern unten am Karlbergskanal, der ganz zugefroren ist, und nachmittags nach der Schule fahren wir Kinder auf dem gefrorenen Kanal Schlittschuh, mit diesen altmodischen Schlittschuhen, deren Spitzen wie Schürhaken nach oben geschwungen sind. All das ist sehr anschaulich. Meine kleine Schwester hat Schwierigkeiten, die Schlittschuhe an ihren derben Knöpfstiefeln zu befestigen, und ich helfe ihr mit den Riemen. Wir gleiten durch das matte, schräge Licht zwischen Nachmittag und Abend. Große, nach Teer riechende Lastkähne sind im Eis festgefroren, wir gehen an Deck und schauen uns um, obwohl das verboten ist. Wir finden einige Bierflaschen, die die Ablader auf dem Deck zurückgelassen haben, von dieser flaschengrünen, richtig altmodischen Art mit den hohen Hälsen.
Und in den Büschen am Kanal entdecke ich eines Nachmittags die festgefrorene Leiche einer Frau, nur ein Arm ragt aus dem Eis, es ist eine junge Frau, die sich irgendwann im letzten Herbst im Kanal ertränkt hat, und jetzt ist der Körper im Eis festgefroren. Es ist gar nicht erschreckend, sondern fast natürlich, daß eine junge Frau dort im Eis festgefroren ist, nur sehr traurig, und sie tut mir sehr leid.
Als ich aber nach Hause komme und von meiner Entdeckung berichte, herrscht große Aufregung, Leute rennen hinaus, Eissäger kommen mit ihren langen Sägen aus der Stadt, wir Kinder dürfen nicht zuschauen ...
Als ich an diesem Punkt angelangt bin, blicke ich auf, und es durchfährt mich: MEIN GOTT, ICH HABE DOCH GAR KEINE KINDHEIT IN STOCKHOLM GEHABT. Und schon gar nicht in der Zeit um 1880!
Ein leichtgläubiger Mensch würde jetzt sofort von Seelenwanderung reden und von Erinnerungen an eine frühere Existenz. Aber solch komplizierte Erklärungen sind natürlich gar nicht nötig.
Wenn das Unterbewußtsein für eine Weile sich selbst überlassen ist, fängt es einfach an, sich etwas auszuspinnen. Es schafft sich eine Identität, paßt sich der Umgebung an, produziert bereitwillig neue Formen, um die plötzliche Leere auszufüllen, die entsteht, wenn wir den Alltag vergessen.

Offenbar fürchtet das Unterbewußtsein nichts so sehr wie das Gefühl, *überhaupt niemand zu sein.*
Dieser diensteifrige Schuft war schon dabei, eine Biographie für mich zusammenzustellen!

(Das blaue Buch II:4)

Menschen, die uns künftig etwas bedeuten werden, treffen wir nicht nur einmal, sondern bei mindestens zwanzig Gelegenheiten, bis wir den Fingerzeig allmählich ernst nehmen.
Mir ist es jedenfalls stets so gegangen.
Und wir weichen ihnen aus, solange wir nur können.
Margareth muß ich zum erstenmal irgendwann in der Realschule in Västerås gesehen haben. Ich ging in den fünfjährigen Zweig der Realschule und sie in den vierjährigen. Im vierjährigen waren vor allem Schüler vom Lande; weil es so lästig und schwierig für sie war, das ganze Schuljahr über mit Bussen und Zügen hin- und herzufahren, versuchten ihre Eltern natürlich, ihnen die Schulzeit möglichst zu verkürzen.
Daher waren alle Schüler, die aus Surahammar und Hallstahammar, aus Kolbäck, Rytterne und Strömsholm in die Oberschule nach Västerås kamen, vielleicht ein bißchen frühreifer und selbständiger als wir anderen, die in der Stadt wohnten, und sie hielten sich auch ein wenig abseits, bildeten eine eigene Gruppe.
Aus dieser Zeit ist sie mir als ein mageres, ziemlich schweigsames kleines blondes Mädchen in Erinnerung, offenbar immer sehr verfroren, da sie den ganzen Winter über eine gestrickte Zipfelmütze trug, die eine lächerliche Form hatte und ihr bis weit über die Ohren reichte. Daß sie blonde Haare hatte, war erst tief im Frühjahr zu sehen.
Sie schien recht schüchtern zu sein.
Damals interessierte ich mich ausschließlich für ein anderes Mädchen in ihrer Klasse, eine Tennisspielerin mit langen dunklen Haaren, großen Augen, früh entwickelten Brüsten und hohen Backenknochen, wie sie die Mädchen in Västmanland seltsamerweise manchmal haben. An ihren Namen kann ich mich beim besten Willen nicht mehr erinnern. Diese beiden, Margareth und sie, waren Freundinnen oder jedenfalls sah man sie oft zusammen, ein etwas ungleiches Paar, wie man es oft bei solchen Freundinnen findet, wo die eine attraktiv ist und die andere überhaupt nicht.
Ich glaube, sie versuchte manchmal ein bißchen mit mir zu reden, jedenfalls hat sie das im Laufe der zehn Jahre behauptet, die ich mit ihr verheiratet war, aber sie sagt, ich hätte sie wie Luft behandelt.
Wenn ich darüber nachdenke, habe ich das schreckliche Ge-

fühl, daß ich sie einfach ein ganz klein wenig abstoßend fand. Sie hatte eine etwas unangenehme Ausstrahlung, oder zumindest habe ich das so empfunden, wenn ich sie sah.
War dieses Unangenehme im Grunde anziehend? Oder kann es eine Ahnung davon gewesen sein, daß sie später einmal ungeheuer viel wichtiger für mich sein würde als sie es damals war?
Das einzige, woran ich mich aus jener Zeit noch ganz genau erinnere, war ein wilder, aber total unterdrückter Haß, den ich fast gegen die gesamte Außenwelt empfand: gegen die Lehrer, die Schule, selbst gegen die Kameraden, ja, gegen die ganze Außenwelt, da sie ganz und gar darauf eingestellt zu sein schien, mich so feindselig wie möglich zu behandeln, mich in die Knie zu zwingen, mich zurechtzuweisen, und zwar stets mit dem Recht des Stärkeren.
Und dieses kleine, ziemlich blonde, irgendwie hilflose Mädchen wirkte ebenso unterdrückt wie ich, war vermutlich genauso verbittert wie ich. Kein Wunder, daß ich sie nicht besonders interessant fand! Was ich brauchte, waren ausgeglichene Menschen.
Als ich nach Uppsala kam und mich am Volksschullehrerseminar einschrieb, waren die meisten meiner Kameraden schon eine ganze Weile dort, ich war ziemlich lange beim Militär gewesen, hatte eine Unteroffiziersausbildung bei der Flotte gemacht, und während ich ins Seminar ging, waren alle, die ich aus Västerås kannte, an der Universität.
Margareth kam ein Jahr später ins Seminar.
Bei einem Tanzabend sah ich sie wieder. Ich glaube nicht, daß ich vorhatte, sie aufzufordern, aber aus irgendeinem Grund tat ich es trotzdem. Und dabei entdeckte ich, was für eine eigentümlich sinnliche Wärme sie ausstrahlte. Ich tanzte sehr eng mit ihr.
Aber nur ein einziges Mal.
Danach ging ich zu einem ganz anderen Mädchen nach Hause, von der ich übrigens nur noch weiß, daß sie sehr viel größer war als ich, und ich glaube, ich schlief sogar mit ihr.
Mit Margareth zu schlafen, wäre mir irgendwie *banal* erschienen.

Während meiner Zeit in Uppsala habe ich ziemlich herumgeschlampt. Das Lehrerseminar war wirklich sehr anspruchslos, ich hatte lediglich ernsthafte Schwierigkeiten, Orgel spielen zu lernen, diese verdammten Pedale wollten mir nicht recht gehorchen, und als ich dann etwa zehn Jahre später Autofahren lernte, beklagte sich der Fahrlehrer darüber, daß ich die Pedale des Autos behandelte als seien es Orgelpedale. Abgesehen von den Pedalen war das Seminar in Uppsala die reinste Kinderei, ein Kinderspiel oder wie man sagt, und ich verbrachte die meiste Zeit damit, Mädchen zu jagen.

Ich weiß nicht warum, es war eine Art Unruhe, nehme ich an, aber mich interessierte die Verführung.

Ein etwas zu hochtrabendes Wort, gewiß ... aber Verführung war genau das, worum es mir ging.

Ich wollte beweisen, daß ich *wirklich* war. Und das kann man nur auf eine einzige Art beweisen: indem man eine Wirkung auf einen anderen Menschen ausübt.

Je stärker diese Wirkung ist, um so stärker empfindet man seine eigene Wirklichkeit als bewiesen.

Ich hatte in jenen Jahren ein sehr großes Bedürfnis, gesehen zu werden. Und wenn es einem gelingt, jemanden zu verführen, dann gelingt es einem auch, gesehen zu werden.

Damals gab es fabelhafte Tanzabende in Uppsala, besonders die Mittwochsparties des Studentenverbands Västmanland-Dalarna waren phantastisch; ein irrsinniges Gedränge, ein Duft von billigem Parfum, die Mädchen auf der einen Seite des Tanzsaals und die Jungens auf der anderen. Es war ein Wunder, daß die Hitze nicht den Lack auf den Porträts der ordenbehangenen alten Ehrenvorsitzenden zum Schmelzen brachte.

Man brauchte eigentlich nur zuzugreifen. Auf eine sonderbar unpersönliche Weise.

Mich interessierten jedoch die etwas schüchternen, etwas zugeknöpften Mädchen am meisten; diejenigen, die auf die eine oder andere Weise verändert werden konnten.

Die Mädchen, die ein wenig zitterten, wenn man mit ihnen tanzte. Die ihren Körper irgendwie ein bißchen verkrampften.

Ich glaube, ich habe das alles sehr mechanisch aufgefaßt; ich meine: Ich setzte einen Prozeß in Bewegung, und dieser Prozeß diente ausschließlich dazu, mir etwas über mich selbst zu beweisen.

(»Mich selbst« – »ich selbst«: Inzwischen finde ich, daß dieser sprachliche Ausdruck irgendwie blödsinnig ist. Ihm fehlt einfach jeder Sinn.
Ich kann aber nicht genau erklären, wie ich das meine.)

Damals hatte ich schrecklich wenig Geld. Der Geldwert war zwar besser als heute, aber dafür mußte man mit den Studiendarlehen, die man bekam, auch viel länger auskommen, und wenn man sein Pensum nicht schaffte, war man wirklich schlecht dran.
Am Anfang waren wir zu dritt, Bertil, Lennart und ich, wir hatten uns zwei große Zimmer im Svartbäkken-Viertel gemietet. Aber schon nach einem Semester begannen Bertil und Lennart sich zurückzuziehen.
Sie gingen ja zur Universität und fanden allmählich ihren eigenen Freundeskreis. Aber das war wohl nicht der einzige Grund. Da beide fleißig waren – Bertil starb einige Jahre darauf, aber das ist eine andere Geschichte –, da beide fleißig und ehrgeizig waren, hatten sie das Gefühl, ich würde sie ein bißchen zu oft in die Kneipen locken, und das konnte sich eigentlich keiner von uns leisten.
Ich weiß noch, daß wir bis tief in den November hinein ohne Mäntel in die Lokale gingen, um die paar Kronen zu sparen, die man dort gewöhnlich dem Garderobier zahlen mußte.
Bekannte, die mich etwa fünfzehn Jahre später wiedersahen, pflegten mir immer zu sagen, ich hätte mich sehr verändert, ich sei enorm viel ruhiger geworden.
Ich habe nie so recht verstehen können, was sie damit meinten. Ich selbst hatte nie das Gefühl einer Veränderung.
Aber offenbar galt ich damals für ziemlich unsolide und ein bißchen draufgängerisch. Ich glaube sogar, daß es verschiedene Leute gab, die tolle Geschichten über mich erfanden.
Woran ich mich am besten erinnere, ist das ewige Problem mit dem Geld, das ganze Elend mit der Borgerei hier und da; Schulden, die man zurückzahlen mußte und Schulden, auf die man möglicherweise pfeifen konnte, und dieses unangenehm Abweisende, was Leute kriegten, von denen man ein bißchen zu oft Geld geborgt hatte, ohne es zurückzuzahlen.
Gegen Ende, im letzten Jahr, war es am schlimmsten. Es war

ein chaotisches Jahr. Es ist mir bis heute ein Rätsel, daß ich das Abschlußexamen so gut gemacht habe, wie ich es tat.

Ich war damals eine Weile mit einem Mädchen namens Kerstin befreundet. Es muß im Frühjahr 1958 gewesen sein. Ich glaube heute noch, daß sie mich wirklich sehr gern hatte, mich beinahe liebte, oder zumindest gab es irgendwas an mir, was sie fasziniert haben muß. Aber zugleich glaube ich, daß ich noch nie einen Menschen gekannt habe, der so offensichtlich Angst vor mir hatte.

Angst wovor? Weiß der Himmel!

Ich habe sehr viel später darüber nachgedacht und habe mir alle möglichen subtilen Erklärungen zurechtgelegt, ich habe ihre Briefe gelesen und ihre jungmädchenhaft feinsinnigen Analysen meines Seelenlebens gesehen (Egoist, Egozentriker, unfähig, eine Beziehung zu einem anderen Menschen einzugehen etc.), aber schließlich bin ich zu einem ganz anderen Schluß gekommen: Die Gründe müssen sozialer Art gewesen sein.

Sie stammte aus einer recht netten Arztfamilie in Lidingö, keine von den ganz erfolgreichen, aber immerhin, ein sehr »kultiviertes« Elternhaus, und studierte mit dem Ziel, Magister der Philosophie in Literaturgeschichte und nordischen Sprachen zu werden.

Es war ganz klar, daß ich ihr keine besondere Zukunft bieten konnte.

Sie fand mich anziehend, aber sozial gesehen war ich ein ziemlich zweifelhafter Typ.

Ich glaube, die anderen hielten mich für heruntergekommener als ich selbst es tat.

An einem Sonntag morgen, als ich bei ihr zu Hause aufwachte, gerieten wir über irgendwas in Streit, ich weiß nicht mehr, worum es ging, es war ein strahlender Sonntagmorgen. Die Wohnung lag in der Östra Ågatan, dem Schloß gegenüber, und dieses Schloß war im Morgenlicht immer eigentümlich schön. Ich ging zur Wohnungstür, um die *Dagens Nyheter* zu holen, sonntagmorgens kam sie gewöhnlich zu dieser Stunde durch den Briefkastenschlitz, es war übrigens gerade die Zeit im Frühjahr, als die Zeitungen anfingen, Reklame für Badeanzüge zu machen; ich erinnere mich daran, weil ich lauter Anzeigen für Badeanzüge in der Zeitung sah, als ich wieder zurückkam, aber dann setzten wir diesen Streit fort, und sie sagte etwas, woran ich mich beim besten Willen nicht mehr erinnern kann, aber es brachte mich dazu, ganz einfach wegzugehen.

Das ist eine schreckliche Geschichte. Ich glaube, ein Teil meines Lebens endet mit ihr.

(Der restliche Teil geht in diesem Winter seinem Ende entgegen.)

Ich war sehr verzweifelt.

Drei Wochen später, einige Tage vor dem letzten April, traf ich Margareth. Ich hatte sie damals lange nicht mehr gesehen...

(Das gelbe Buch II:1)

Plötzliches Tauwetter, langer Spaziergang mit dem Hund, die Schmerzen in den letzten Tagen ganz gut unter Kontrolle, meist gegen vier oder fünf Uhr morgens, aber nicht schlimmer, als daß ich wieder einschlafen konnte.
Ich muß einige Tage lang ein wenig abwesend gewesen sein, denn inzwischen hat sich die ganze Landschaft schon verändert. Es herrscht feuchter Nebel, am Weg entlang duftet es stark nach Erde und modernden Birkenstämmen, und auf unbegreifliche Art ist ein Krähenschwarm mit richtigen großen Krähen, die sich sonst unten beim Eisenbahnviadukt an der Landstraße 251 aufzuhalten pflegen, hierher zum Waldrand gekommen. Sie sitzen da unten an den Bäumen neben dem Zaun, und ich höre den ganzen Morgen lang ihre rauhen Stimmen. Es wird jetzt auch schon etwas früher hell. Ich möchte wissen, wie der Sommer in diesem Jahr werden wird? Feucht und kühl wie der letzte oder vielleicht einer von den ganz heißen?
Ich frage mich auch oft, ob ich ihn noch werde erleben dürfen. Jedenfalls muß das Boot ordentlich abgedichtet werden. Im letzten Herbst hat es am Heck geleckt wie ein Sieb. Es hat blödsinnig lange am Bootssteg gelegen und ist dagegen geschlagen, noch bis zum Beginn der Herbststürme. Damals ging es mir noch einigermaßen gut, aber offenbar war ich im letzten Herbst nicht besonders unternehmungslustig.
... Ich habe wieder über Margareth nachgedacht. In diesem Nebel oder diesem frühlingshaften Dunst, wie man vielleicht sagen könnte, fehlt sie mir irgendwie wieder. Ihre behutsamen Schritte auf dem Teppich früh am Morgen – sie ist immer zuerst aufgestanden und hat Kaffee gekocht –, ihre Gewohnheit, die Zeitung immer sehr ordentlich und sorgfältig auf den Zeitungshaufen im Schrank unter dem Spülstein zu legen, bevor ich Gelegenheit hatte, sie zu lesen, ihre fast unerträgliche Gewohnheit, um zehn oder halb elf Uhr abends mit der Arbeit anzufangen. Es sind solche Dinge, die einem in Erinnerung bleiben.
Und jetzt, besonders wenn die Schmerzen einsetzen, vermisse ich sie sehr.
Zugleich ist es ja ganz klar, daß die ganze Geschichte völlig unmöglich war. Es ist das reinste Wunder, daß es überhaupt so lange dauern konnte.

All das, unser ganzes Zusammenleben, gründete sich auf ein einziges, sehr einfaches Prinzip, auf eine Übereinkunft:
Es war verboten, einander zu sehen. Ich meine, einander wirklich zu sehen.
Es ist ein recht kompliziertes Spiel, sich ganze zwölf oder dreizehn Jahre lang an eine solche Übereinkunft zu halten und die Maske nicht einmal dann fallenzulassen, wenn man wütend oder sehr unglücklich ist; als sei man sehr lange mit jemand in einem ganz engen Raum eingeschlossen, und zwar unter der Bedingung, einander permanent den Rücken zuzukehren.
Man muß sich natürlich fragen, was hinter einer solchen Übereinkunft steckt.
Ich glaube, es ist der Schmerz. Eine Art von ursprünglichem Schmerz, den man von Kindheit an mit sich herumträgt und den man um keinen Preis sehen lassen darf. Viel wichtiger als das Vorhandensein des Schmerzes ist, ihn versteckt zu halten.
Aber warum ist es denn so wichtig, ihn zu verbergen?
Manchmal haben wir an derselben Schule gearbeitet, manchmal an verschiedenen. Am besten ging es, wenn wir uns auch tagsüber sahen. Wenn der eine den ganzen Tag über fort gewesen war und wir uns erst abends wiedersahen, trat immer ein kritischer Moment ein. Das geschah stets irgendwann nach dem Abendessen, wenn der erste Bericht von den Ereignissen des Tages beendet war, kurz nach dem Kaffee, kurz vor den Fernsehnachrichten, es entstand eine Art Ebbe, das Wasser zog sich zurück, die Steine wurden sichtbar.

(Das blaue Buch II:2)

Sie war ziemlich klein, bewegte sich immer leicht, fast tänzelnd, und sprach mit einer angenehm leisen Stimme. Sie hatte eine schöne, eine sehr anregende Neugier auf die Menschen, auf die Welt, sie las viele Bücher, es machte Spaß, sich mit ihr zu unterhalten. Sie interessierte sich ernsthaft für fast alles, was ihr über den Weg kam, außer vielleicht für mich.
Dieser letzte Frühling in Uppsala war schon in den Frühsommer übergegangen. Es waren nicht mehr viele Leute in der Stadt, ich war dageblieben, weil ich einen Job als Schwedischlehrer für ausländische Studenten bekommen hatte, und war ins Zentrum umgezogen, in ein Zimmer im Bäverns Gränd, das mir ein Freund überlassen hatte, der den Sommer über verreist war.
Sie kam mit irgendeiner Freundin an und setzte sich auf die Terrasse dieses kleinen Cafés gleich neben dem Dom, das gewöhnlich ein paar Tische herausstellt, wie hieß es noch, Domtreppenkeller glaube ich. Ich erinnere mich noch an die Schlagzeilen auf den Zeitungsplakaten an dem kleinen Tabakladen gegenüber, es ging um eine neue, komplizierte Phase im Streit um die Rentenreform, der damals, Ende der fünfziger Jahre, gerade am heftigsten tobte. Ich erinnere mich so ganau daran, weil ich sie immerzu betrachtete, während wir miteinander redeten.
Ihre Freundin war ein dünnes, spitzes kleines Mädchen, sehr schmales Gesicht, Brille.
Eine Kopie von Margareth, könnte man sagen. Sie redete nicht viel, aber ich erinnere mich, daß ich immerzu dabei war, die beiden im Stillen zu vergleichen, als sei dieser Vergleich irgendwie wichtig. Und ohne genau zu wissen, was ich eigentlich damit bezweckte. Alles schien von vornherein klar zu sein, als sei es schon seit Jahren so abgesprochen. Wir saßen da und unterhielten uns, übrigens über diese Gegend hier, saßen da und erkannten uns einer im anderen. Es gab keinen Ort, keinen See, keine Hüttenwerksruine, keine stillgelegte alte Eisenbahnlinie in dieser Gegend, die sie nicht kannte. Sie hatte ihre Sommerferien im nördlichen Västmanland verbracht, seit sie ein kleines Mädchen war.
Ich saß im Licht des Sommerabends da, und die ganze Landschaft wurde mir durch sie gegenwärtig.
Ich glaube, so fing es an.

Sie ist immer das gewesen, was man ein recht hübsches Mädchen nennt, an ihrem Aussehen war nichts auszusetzen. (Ihre Augen sind mit den Jahren immer interessanter geworden.)
Deshalb ist es mir völlig unverständlich, warum ich mich immer ein bißchen genierte und mich bloßgestellt fühlte, wenn ich mit ihr auf der Straße unterwegs war und einen Bekannten traf. War es einfach die Tatsache, daß wir unsere Zusammengehörigkeit zeigten, die mich peinlich berührte?

(Das gelbe Buch II:2)

Es war ein recht ruhiges Leben. Jahrelang war es wirklich ruhig, nicht mehr oder weniger, und sehr idyllisch. Wir wohnten hier und da in Västmanland, waren an verschiedenen Schulen als Lehrer angestellt, richteten das Innere alter Dienstwohnungen her, bis sie richtig gemütlich wurden, mit Margareths handgewebten Teppichen und meinen Schränken und dem ganzen Zeug, das ich zum größten Teil selbst in verschiedenen Werkräumen angefertigt hatte.
Vielleicht zogen wir ein bißchen zu oft um, und immer blieben wir auf dem Land draußen – das war schon so etwas wie ein Lebensstil; wir hatten ja beide irgendeine (recht vage) Protesthaltung gegen die Gesellschaft, die uns umgab. Ein Protest von Gemüseanbauern, sozusagen. Ein Protest gegen die Industriegesellschaft, gegen ...
Ich kann mich nicht mehr so genau erinnern. Es ist merkwürdig, aber jetzt vergrößert sich der Abstand zu dieser Zeit mit jedem Tag: Ganz andere Dinge treten in den Vordergrund, das Lied einer Amsel vor dem Fenster kurz nachdem ich aufgewacht bin, und etwas weiter weg die Krähen in den Bäumen, ein Wassertropfen an einem Zweig mitten am Tag, wenn das Tauwetter begonnen hat. All das erscheint jetzt in einem anderen Licht, und alles, was hinter mir liegt, empfinde ich als bedeutungslos.
Sie webte immerzu; wenn wir umzogen, war es immer das größte Problem, diesen Webstuhl auseinanderzunehmen und wieder zusammenzusetzen. In der letzten Wohnung, die wir zusammen hatten, reichte er fast bis an die Decke. Sie stellte ihre Textilfarben selber her, aus alten Pflanzenfarben.
In Uppsala hatte ich ja ein ziemlich wildes Leben geführt, mit Mädchen und Kneipen und Schulden. Dieser neuorganische Lebensstil auf dem Lande war eine Art, endgültig damit Schluß zu machen.
Bestimmt spielte da auch ein romantischer oder vielleicht anarchistischer Hang eine Rolle. Wir hatten beide einen Widerwillen gegen Behörden, gegen den Zentralismus dieses Landes, gegen die massenhaften Umsiedlungen von Menschen aus ihrer natürlichen Umgebung in unpersönliche, kasernenartige Vororte der Großstädte. Wir hatten einen Widerwillen gegen die Schulbehörden, die es sich nicht einmal leisten konnten, die vorhandenen Mittel zu verwenden,

um die Schulhöfe ein wenig angenehmer und fröhlicher zu machen, sondern sie statt dessen für protzige kommunale Skulpturen ausgaben. Ganze Frühstücke hindurch jammerten wir über die Zusammenlegung von Gemeinden, über die Schließung von Schulen in dünn besiedelten Gebieten, über Kahlschläge, die fast überdeutlich zeigten, daß die ganze Gegend wie ein Rohstofflager behandelt wurde, wie eine Art Speisekammer, aus der man sich bediente, und sonst nichts.

Ich meine: Das waren Realitäten, das waren Dinge, die uns auf einer ganz praktischen, handgreiflichen Ebene etwas bedeuteten, vielleicht war auch ein Zug von Snobismus darin, ein Gefühl, überlegen zu sein, besser zu erkennen, welche Bedeutung die Geschehnisse hatten.

Aber es war auch noch etwas anderes: Es gab uns eine Art inneren Zusammenhalt. Wenn man alles besser weiß als die anderen, fällt es einem leicht, zusammenzuhalten.

Und wir hielten zusammen: auf eine unsentimentale, nicht besonders sinnliche, aber angenehme und gute Art. Wir empfanden uns als zwei Einzelgänger, die einander gefunden hatten und denen das Einzelgängertum selbst etwas Gemeinsames gab; wir waren also keine Einzelgänger mehr, weil wir einander hatten.

Daß Margareth und ich zusammenhielten, war eine Art zu sagen:

Wir fangen noch einmal an. Wir geben nicht auf.

Sie war die jüngste Tochter einer unglaublich tyrannischen Oberarztfamilie aus Falun. Alle ihre Brüder waren Reserveoffiziere, schwedische Meister im militärischen Fünfkampf, Justitiare, weiß der Teufel was noch alles. Ich habe sie nicht besonders oft getroffen, hatte aber den Eindruck, daß sie mich mit unverhohlener Verachtung betrachteten. Einer von ihnen fragte mich sogar einmal, ob man wirklich davon leben könne, Volksschullehrer zu sein – damals hieß es ja noch Volksschullehrer. Wir waren einander gegenseitig genauso unbegreiflich.

Der Vater – er ist übrigens glaube ich noch am Leben – war ein abscheuliches Monstrum, gefürchtet von seiner Familie, von Krankenschwestern, Unterärzten und Assistenten, im ganzen Land bekannt für seine medizinischen Äußerungen, die vor allem besagten, daß Mädchen im Winter Wollstrümpfe tragen sollten, daß Abtreibungen die militärische Schlagkraft des Landes verringerten und daß die Bevölkerung in Geschlechtskrankheiten und Jugendalkoholismus zu versinken drohe.

Die jüngste Tochter war in diesem Haushalt irgendwie ins Abseits geraten. Ich habe den Eindruck, daß sie den größten Teil ihrer Jugend damit verbrachte, sich in der Küche nützlich zu machen. In Todesangst vor dem Vater, von den Brüdern unterdrückt, blaß, dünn und sommersprossig, hatte sie einen Weg zu den Büchern gefunden, zu einer Welt außerhalb dieser Zwölf-Zimmer-Villa am Rand von Falun. Ich glaube, er führte über die moderne Lyrik, die sie neugierig zu lesen begann, weil irgendwann am Mittagstisch darüber gelästert wurde, und quer durch die höhnisch verlesenen Zitate von Ekelöf und Lindegren entdeckte sie, daß das irgendwie von ihr handelte:

»Ich suche ein Gold, das alles Gold wertlos macht.«

Ich glaube, sie wurde sehr spät zur Frau. Sie sollte gerade in einen Haushaltskurs geschickt werden, als sie zum ersten Mal in ihrem Leben richtig wütend wurde, aufbegehrte, sich ein Zimmer in Uppsala besorgte und sich an der Universität einschrieb.

Es war eine so unbeschreiblich *schwedische* Großbürgerfamilie. Noch zehn Jahre danach konnte ich Spuren davon in ihrer Sprache hören.

Dieser ganze enorme, verächtliche Widerwille gegen alles, was nach persönlicher intellektueller Arbeit aussah, diese feindselige Einstellung gegenüber der Philosophie. »Bildung« bestand darin, französische Wörter korrekt aussprechen zu können. Dagegen galt es als »halbgebildet«, sich für Marx, Kierkegaard oder Freud zu interessieren. Das war volksschullehrerhaft.

Bei ihr war noch etwas davon vorhanden, als eine Art vorsichtiger Widerwille gegen alles, was den geringsten Anschein von »Grübelei« hatte.

Ich erinnere mich, daß ich mich einmal tatsächlich so sehr mit ihr zerstritten habe, daß ich mehrere Tage lang nicht mehr mit ihr reden mochte. Es war während einer Zugfahrt nach Kopenhagen. (Wir machten in den Ferien manchmal solche Reisen.)

Es fing damit an, daß ich einen Gedanken skizzierte, der mir bei meiner Lektüre gekommen war.
–Wenn es nun so wäre, sagte ich, daß das Wort »ich« eigentlich ein völlig sinnloses Wort ist. Das Wort »ich« wird ja im alltäglichen Sprachgebrauch auf genau die gleiche Art verwendet wie die Wörter »hier« und »jetzt«. Alle Menschen haben das Recht, sich »ich« zu nennen, und zugleich hat nur ein einziger Mensch das Recht dazu, nämlich derjenige, der in diesem Moment redet.
Niemand würde behaupten, daß »hier« oder »dort« etwas Besonderes bedeutet, daß es bedeutet, hinter diesen Begriffen *verberge* sich irgend etwas. Warum sollten wir uns dann einbilden, wir hätten ein Ich?
Es denkt in uns. Es fühlt. Es redet. Das ist alles. Oder: Es denkt *hier*, sagte ich und drücke den Zeigefinger gegen die Stirn.
– Wenn du dich auf solche Grübeleien einläßt, wirst du noch verrückt, sagte sie.

(Das gelbe Buch II:8)

Was für ein wunderschöner Morgen. Tief im Schlaf, übrigens träumte ich, ein gutmütiger, jedoch im Grunde ungeheuer gefährlicher Elefant jage mich über ein endloses Feld – aber keine Schmerzen heute nacht – tief im Schlaf spürte ich, daß der große, blaue Hochdruck gekommen war. Er lag wie eine riesige Blase über der ganzen Gegend, als ich um sieben Uhr morgens aufstand, und bisher ist noch keine einzige Wolke aufgetaucht, obwohl jetzt schon Nachmittag ist.
Das ist im März sehr ungewöhnlich.
Heute morgen habe ich schon alle Bienenstöcke durchgesehen und Zuckerlösung nachgefüllt, tatsächlich ist nur ein einziges Volk erfroren, jedoch ist es eins, das schon vorher nicht besonders viel Haltung bewiesen hat, hätte ich fast gesagt. Ich habe nie recht begriffen, was sie trieben. Sie bauten nur etwa jede zweite Wabe aus, und zwar auf eine zögernde, fast kokette Art, als wollten sie sagen, sie durchschauten zwar diese Kunstwachswaben, aber sie könnten trotzdem ein bißchen bauen, nur um zu zeigen, daß sie immerhin die Geometrie beherrschten.
Kokette Biester! Ich bin froh, daß sie erfroren sind. Im Sommer hätte sie sicher das Schwarmfieber überkommen, und dann hätten sie sich ohnehin selbst vernichtet. Die Idee der permananten Revolution sozusagen.
Marengo, Austerlitz, Leipzig ... Ich kenne wenig Dinge, die in einem solchen Maß dem Cäsarenwahn Vorschub leisten wie die Bienenzucht. Man kann alle Erlebnisse eines Napoleon haben, ohne grausam zu Pferden zu sein und ohne einen einzigen Menschen sterben zu sehen.
Dafür sieht man eine ganze Menge Bienen sterben.
Das hätte alles beliebig lange so weitergehen können: Es war gut, es herrschte eine Harmonie in der ganzen Sache, eine Harmonie um den Preis von etwas, aber immerhin eine Harmonie, ja, es hätte so weitergehen können.
Wenn nicht gegen Ende der sechziger Jahre etwas zu geschehen begonnen hätte. Es kam so unerwartet, daß ich fast Jahre brauchte, um zu erkennen, was passiert war. Mir stieß ganz einfach ein radikal neues, ganz unerwartetes Ereignis zu: die Liebe.
Es nahm natürlich einen katastrophalen Verlauf, das hatte ich von Anfang an gewußt, aber mich konnte eigentlich keine Katastrophe schrecken. Wenn ich darauf zurückblicke, wie

ich gehandelt habe, sieht es tatsächlich so aus, als hätte ich die ganze Zeit eine Katastrophe *gewollt*. Es läßt sich kaum anders deuten.

Es ist eine unglaublich komische Geschichte, denn sie enthält so enorm viele unwahrscheinlich und sonderbare Zufälle.
Ich nahm ja manchmal an diesen Hauptversammlungen der Feldbiologen in Stockholm teil. Und da ich einige Jahre lang stellvertretender Vorsitzender war, bekam ich die Reise bezahlt. Ich pflegte also im Hotel Malmen zu übernachten und abends in ein Konzert oder in die Oper zu gehen. Das war ein kleines, heimliches Vergnügen, und da war nichts weiter dabei.
Einmal jedoch, als wir im Oktober '69 eine solche Tagung hatten, beschloß ich, nicht zu übernachten, sondern mit dem letzten Zug nach Hause zu fahren. Ich kann mich wirklich nicht erinnern warum.
Ich hatte meine Aktentasche in der Garderobe der Oper abgegeben, machte mich in der letzten Pause davon und kam gerade noch rechtzeitig zum Hauptbahnhof, um in den Zug einzusteigen, der um 22 Uhr 40 über Hallsberg und Västerås nach Oslo geht und gewöhnlich mit amerikanischen Touristen besetzt ist, die nach Norwegen reisen, und mit einer Menge von mehr oder weniger nüchternen Leuten, die in Enköping und Västerås aussteigen. Später wird er ja dann mehr und mehr zu einem Schlafwagenzug.
Ich gehe in ein fast voll besetztes Abteil und setze mich hin. Links von mir schläft ein nach Schnaps stinkender Kerl, einen von diesen häßlichen Kamelhaarmänteln übers Gesicht gezogen, gegenüber sitzen einige magere kleine Mädchen, vielleicht Studentinnen, und rechts von mir auf dem Fensterplatz eine ziemlich große blonde Dame in den mittleren Jahren, anscheinend unverheiratet, die häßlich gewesen wäre, hätte sie nicht einen solch wundervoll schönen Kopf gehabt.
Sonderbarerweise begann ich mit ihr zu reden, kaum daß ich hereingekommen war, ohne eigentlich von dem Buch aufzusehen, das ich aus der Aktentasche genommen hatte, davon zu reden, wie unbequem die Wagen in diesem Zug seien, von Fahrplänen, von Schlafwagen nach Oslo, weiß der Himmel von was noch alles – und das Merkwürdige ist,

daß ich kein einziges Mal aufsah. Ich redete lebhaft mit ihr und las dabei weiter in meinem Buch.
Erst als wir in Kungsängen hielten und ich in den Korridor gehen wollte, um nachzusehen wo wir eigentlich waren, sah ich sie an.
Sie ... wie soll ich sagen – sie strahlte Mütterlichkeit aus. Äußerlich gesehen war nichts Besonderes an ihr, sie war eher ein bißchen dick, aber als ich ihre Augen entdeckte, muß etwas Merkwürdiges ... *geschehen* sein. Diese Augen *wollten* etwas von mir, sie machten mich wirklicher, es war etwas mit ... *(zwei Zeilen mit Tinte durchgestrichen).*
Und dann in Enköping, als ich feststelle, daß es um diese Zeit keine Verbindung mehr nach Tillberga gibt und nur den Bruchteil einer Sekunde zögere, bevor ich ihr ungeheuer rasches und freundliches Angebot annehme, mich trotz der späten Stunde mit dem Auto hinzufahren – sie war Assistenzärztin im Krankenhaus von Enköping und daher an sonderbare Zeiten gewöhnt –, und der fast ebenso rasche Entschluß, *nicht* von Enköping wegzufahren, und dann Küsse, Zärtlichkeiten (eine banale Geschichte, nein, überhaupt nicht banal) und das Gefühl, von etwas völlig Fremden überwältigt worden zu sein, sich tatsächlich zu *verändern,* und dieses eigentümliche Erlebnis, daß es plötzlich ganz ruhig wurde.
Als sei man heimgekommen.
Ob ihr mir nun glaubt oder nicht, es verging ein ganzes Frühjahr, bevor ich sie wiedersah, obwohl wir nur sechzig, siebzig Kilometer entfernt voneinander wohnten. Darin lag eine Art von Verschwendung oder ein Gefühl von verschwenderischem Reichtum.
Dafür pflegten wir spät abends miteinander zu telephonieren und uns von den Ereignissen des Tages zu erzählen. Wir schrieben uns Briefe, ganz sachliche, kurze Briefe mit kleinen Scherzen darin.
Ich kannte bald die Namen aller Ärzte und Krankenschwestern und sogar die der interessantesten Patienten auf ihrer Station im Krankenhaus von Enköping, und sie wußte über fast alles Bescheid, was bei mir zu Hause passierte. Bei mir zu Hause passierte nicht viel.
Ich führte so etwas wie ein Doppelleben, da ich einem anderen Leben so nahe war, das sich an einem anderen Ort und in einer anderen Umgebung abspielte, und vielleicht hatte ich

gerade ein solches Doppelleben schon immer gebraucht, ohne es zu wissen.
(Hatte schon immer die Vermutung, daß alle Lösungen irgendwo zwischen meinem und einem anderen Leben liegen.)

Die ganze Geschichte hätte sich vielleicht beruhigen und einschlafen können. Wir hatten einmal miteinander geschlafen, das war in Ordnung. So etwas passiert eben mal, manchen Menschen passiert es häufiger, anderen weniger häufig. Wir hatten einmal miteinander geschlafen, es war sehr schön gewesen, es hatte mich ruhig gemacht; ich schließe die Möglichkeit nicht aus, daß sie es wenigstens ursprünglich in der Absicht gemacht hat, mich wirklich ruhig zu machen. Und dabei hätte es bleiben können.
Aber diese Augen erinnerten mich an etwas. Sie riefen ganz einfach etwas in mir wach.
Sie riefen das Gefühl in mir wach, es gebe etwas ungeheuer Wichtiges, was ich bisher stets vernachlässigt hatte. (Eine banale Geschichte, nein, überhaupt nicht banal.) Ich entdeckte in mir etwas, wovon ich nichts gewußt hatte. Und das empfand ich wie einen neuen Anfang, es gab allem einen neuen Sinn.
Ich machte natürlich einen wirklich interessanten Fehler: Ich erzählte Margareth von dieser Geschichte.
(Man könnte selbstverständlich sagen, daß es mit der Zeit praktisch unumgänglich war, denn es gab keine besonders plausible Erklärung dafür, daß ich jeden zweiten Abend eine halbe Stunde lang am Telephon saß und leise und ausführlich zwischen langen Pausen mit jemandem redete, der unmöglich zu unseren gewöhnlichen Bekannten zählen konnte.)
Ich hatte alle möglichen Reaktionen erwartet bis auf die, daß sie sich freuen würde. Aber genau das tat sie. Sie war froh und erleichtert, als sei ihr endlich eine allzu große Verantwortung abgenommen worden.
– Lade sie doch einmal hierher ein, sagte sie und meinte damit Ann. Sie würde bestimmt gern wissen, wie es hier oben aussieht. Sie könnte doch irgendwann in diesem Sommer vorbeikommen. Hat sie ein Auto?
Das war natürlich der Anfang vom Ende, obwohl ich es damals nicht begriffen habe.

Ich lud sie für einen Sonntag im Juni ein. Es war ein ungewöhnlich schöner Junisonntag. Ich holte Ann am Bahnhof ab.
– Der See ist sehr schön, sagte sie. Ich hatte keine Ahnung, daß er so groß ist.
– Ich bin froh, dich wiederzusehen, sagte ich.
– Ich weiß nicht. Ich fühle mich etwas unsicher.
– Warum müssen die Leute sich immer wie in Romanen benehmen, sagte ich.
– Ja, vermutlich hast du ganz recht, sagte sie.
Es war ein sehr eigentümlicher Anblick, diese beiden Frauen zusammen zu sehen, Margareth klein und mager, kühl, Ann mütterlich besorgt und ernst, als sei sie zu einer Patientin gekommen, die sie zu versorgen hatte. Sie wußten nichts voneinander, ich war das einzige, das sie verband.
In den ersten zwei Minuten schienen sie sich ein wenig voreinander zu genieren. Das kann nicht gutgehen, dachte ich. Es wird ein schrecklicher Nachmittag werden, hoffentlich bringen wir ihn rasch hinter uns. Es ist ein wahnsinniges Unternehmen, auf das ich mich da eingelassen habe.
Wie gesagt: Es war ein strahlend schöner Sonntagmorgen im Juni 1970. Um uns herum lag Västmanland. Von einem Waldbrand auf einem der blauen, bewaldeten Bergrücken im Norden wehte ein schwacher, sehr aromatischer Duft von Brandrauch herüber. (Waldbrände haben die Eigenschaft, aus der Nähe einen stechenden, unangenehmen Geruch zu haben, und in einem Abstand von einigen Kilometern einen aromatischen, angenehmen.)
Über den großen See Åmänningen zogen leichte kleine Windboen, die das Wasser kräuselten. Im Nordwesten verrosteten die Fördertürme stillgelegter Zechen; die Erzbergwerke in der Gegend von Norberg rentierten sich nicht mehr, seit die Fracht für das afrikanische Erz billiger geworden war. Im Norden stieg eine rote Rauchwolke von einem Abstich im Stahlwerk von Trummelsberg auf. Vom Kanal und von der ganzen Seenkette im Süden drang das Geräusch von Motorbooten herüber, die auf den vielen Seen hin- und herfuhren.
Es war die Jahreszeit, in der die ganze Gegend sich plötzlich belebt und bevölkert. Wer die winterliche Stille erlebt hat, kann nicht glauben, daß es dieselbe Gegend ist. Im Winter ist

der nächste Nachbar das ferne, blinkende Licht eines Fensters sechs Kilometer weiter weg, auf der anderen Seite des Sees.
Im Süden der Gürtel von immer feuchteren, immer sumpfigeren Wäldern, die uns von der Talsohle des Mälarsees trennten, die Kirche von Ramnäs mit ihrem eigentümlichen Zwiebelturm, Ramnäs, wohin mein armer, alkoholsüchtiger Onkel Knutte stets zurückzukehren pflegte, wenn er wieder mal versucht hatte, im Gewitterregen durch den Wald zu radeln, um zum Spirituosenladen in Västerås zu kommen, die Ebene, die sich schließlich an dem schwarzen stillen Flüßchen Kolbäcksån nach Sörstafors und Kolbäck hin öffnet, die Gegend, in der meine unglückliche, romantische Tante Clara in einem denkwürdigen Herbst kurz nach dem Zweiten Weltkrieg mit einem alten, blinden, bärtigen Landstreicher herumzog, in den sie sich Hals über Kopf verliebt hatte – sie starb kurz darauf an einer Lungenentzündung, das arme Ding. Wir sind eine sonderbare Familie. Wir machen sonderbare Dinge.
Und da stand ich nun und stellte meiner Frau eine Dame vor, die offenbar die große Liebe meines Lebens war.
Sie gingen beflissen die Gartenwege entlang und schauten sich die Blumenbeete an. (Dieses Haus war damals, im Jahre 1970, ein Ferienhäuschen.)
– Nehmt euch vor den Bienen in acht, sagte ich. Sie haben gerade eine unruhige Zeit. Sie sind ziemlich aggressiv.
Sie lachten nur.
Der Garten ist ja recht klein. Man braucht nicht lange, um ihn zu besichtigen. Sie nahmen sich Zeit.
Sie kamen zurück, kichernd und ein wenig ausgelassen. Sie hatten einander gefunden.
Bienen und Hummeln summten herum, die Kirchglocken läuteten drüben in Väster Våla, es war wie gesagt ein ganz wunderbarer Sommertag.
– Eine Utopie, dachte ich. Eine Utopie ist Wirklichkeit geworden. Ich habe es schon immer vermutet. Nichts hindert uns eigentlich daran, außerhalb der normalen Regeln zu leben. Daß ich das nicht schon längst begriffen habe!
Dann folgte eine ziemlich sonderbare Zeit. Ich glaube, sie hat uns sehr verändert, mich, Ann, aber am meisten von uns allen Margareth.
Ich hatte ja nie begriffen, daß sie eigentlich eine Mutter brauchte. (Das gelbe Buch II:10)

Jeder kennt wohl aus eigener Erfahrung das unangenehme Gefühl, das man auf Bahnhöfen hat. Man will sich von jemandem verabschieden. Der, von dem man sich verabschieden will, ist schon eingestiegen, aber der Zug fährt einfach nicht ab. Da steht man nun, der eine auf dem Bahnsteig, der andere hinter dem Fenster, und beide versuchen miteinander zu reden, aber plötzlich ist kein einziges Wort mehr zu sagen.
Das hängt natürlich damit zusammen, daß wir nicht mehr empfinden dürfen, was wir wollen. Die Situation schreibt uns ein Gefühl vor. Und wer hat nicht schon mal diese ungeheure Erleichterung empfunden, wenn der Zug endlich abfährt?
Oder auf Begräbnissen? Wenn jemand stirbt, krank wird, wenn es Enttäuschungen gibt, dann werden ganz bestimmte Gefühle von uns erwartet. In jeder Situation außer in den alltäglichsten, neutralsten, wird Druck darauf ausgeübt, wie wir uns zu verhalten haben, wie wir uns zu fühlen haben. Und wenn man ein bißchen genauer hinsieht, entdeckt man nicht selten, daß Romane, Filme und Theaterstücke, die man irgendwann einmal gesehen oder gelesen hat, uns diese Rollen vorschreiben.
Wenn wir in der Wirklichkeit mit ungewöhnlichen Situationen konfrontiert werden (beispielsweise damit, daß eine von uns erwartete Rivalität ausbleibt und sich statt dessen in eine Liebe verwandelt, die uns allein läßt), greifen wir zuerst nach diesen romanhaften Gefühlsschablonen.
Sie geben uns nicht viel Halt. Sie machen uns einsamer als zuvor, und kopfüber stürzen wir in die Wirklichkeit hinaus.

(Das blaue Buch II:5)

Ich habe ziemlich lange gebraucht, in jenem seltsamen Sommer 1970, bis ich dahinterkam, wie Ann mir weggenommen wurde.
(Und ich glaube, damit nahmen sie mir meine letzte Chance, zu einer Selbständigkeit, zu einer Klarheit über mich selbst und meine eigenen Dimensionen zu kommen, für die ich mein ganzes Leben lang bestimmt gewesen war, auf die alles hingedeutet hatte.
Was sie zu verhindern wußten, war ein Durchbruch von Wirklichkeit, von Persönlichkeit.)
Ich stelle mir die Sache so vor:
Die Tatsache, daß ich verheiratet war, löste bei Ann ein ganzes Knäuel von verschiedenen Schuldgefühlen aus. Diese waren unvereinbar mit der Tatsache, daß sie mich ebensosehr liebte wie ich sie. Gleichzeitig war sie durch ihre ganze Erziehung und all ihre Ideale darauf eingestellt, daß Schuldgefühle etwas Schädliches, etwas Verwerfliches seien.
Sie wandelte sie in »Sympathie« für Margareth um. Margareth erkannte ihrerseits sofort ihre Chance, und zusammen verwandelten sie mich in etwas Unverantwortliches, in ein Kind, auf das kein rechter Verlaß war.
Sie führten mich vollkommen hinters Licht, denn diese Triade von verschiedenen mütterlichen und schwesterlichen Beziehungen schuf eine solche Wärme, einen solchen Frieden, wie ich es noch nie erlebt habe, weder früher noch später.
Wie die Wärme in einem Vogelnest.

(Das blaue Buch II:6)

3. EINE KINDHEIT

Seit die Schmerzen ernstlich begonnen haben, geschieht etwas sehr Sonderbares:
Ganz andere Altersstufen, ganz andere Erinnerungen bekommen jetzt die größte Wichtigkeit für mich.
Ehe, Berufsleben, ach Gott! All das versinkt, als wäre es eine Lappalie, eine kurze Episode, alles, was eben noch die ganze Welt erfüllte und mich in den Nächten manchmal mit Grübeleien wach hielt. All das wird nur zu einer Episode in einer viel wichtigeren Erzählung, in der die Kindheit bisher das einzig wirklich starke Kapitel ist.
Ich begreife nicht recht, woran das liegen mag. Die Kindheit ist ja ein einsames, ein egozentrisches Alter, und vielleicht macht der Schmerz mich wieder einsam und egozentrisch wie ein Kind.
Diese ständige Beschäftigung mit einem unbestimmten, gefährlichen Geheimnis im eigenen Körper, dieses Gefühl, es finde irgendeine dramatische Veränderung statt, ohne daß man sich darüber klar werden kann, was es eigentlich ist, das erinnert mich alles auf eine perverse Art an die Vorpubertät. Sogar dieses leise Schamgefühl erkenne ich wieder.
Als ich diesen verdammten Brief verbrannte, habe ich irgendwie die ganze Sache auf mich genommen. Ich werde allein kämpfen müssen, und ich werde meinen eigenen Tod haben.
Und trotzdem glaube ich nicht an ihn. Es ist gut möglich, daß sich im April schon alles verändert haben wird. Wenn es Nierengrieß ist, wird er früher oder später abgehen. Wenn es eine Entzündung ist, kann sie durchaus abklingen, sobald das Wetter etwas wärmer und freundlicher wird.
Ich fühle mich einfach viel zu vital für einen Sterbenden. Das Sterben denke ich mir als etwas viel Nebelhafteres, viel Kraftloseres.
Ein Sterbender kann zwischen den Schmerzanfällen keine langen Spaziergänge mit dem Hund machen.
Oder ist es vielleicht eine neue Art des Sterbens, die ich gerade erfinde?
Um das Maß des Unglücks voll zu machen, hat die Außenwelt sich zu melden begonnen, zum erstenmal seit Monaten.
Der Vorsitzende der regionalen Steuerbehörde, Schreiner Söderkvist, hat angerufen, sehr freundlich und zuvorkom-

mend übrigens, um mich darauf hinzuweisen, daß eine Strafgebühr fällig ist, wenn ich keine Steuererklärung einreiche. Mein Vetter und seine Familie, die Manngårdhs, wollen Ostern auf dem Weg nach Sälen vorbeikommen, hier übernachten und »sich mal bei mir umsehen«, wie es heißt.
Das kann schlimm werden.
Zu Söderkvist habe ich gesagt, daß ich mich gerade ziemlich schlecht fühle. Er hat versprochen, an einem der nächsten Abende vorbeizukommen und mir zu helfen.
Es ist ja, wie er am Telephon sagte, keine besonders schwierige Steuererklärung. Wir werden sie bestimmt in weniger als einer Stunde geschafft haben.
»Um das Maß des Unglücks voll zu machen« – solche Redensarten versetzen mich schlagartig in meine Kindheit zurück. Darin hat es davon nur so gewimmelt.
»Um das Maß des Unglücks voll zu machen« bedeutet natürlich, daß zu dem Unglück noch etwas dazugekommen ist, ein Übermaß. Es ist soviel Unglück da, daß es überzufließen droht.
UM DAS MASS DES UNGLÜCKS VOLL ZU MACHEN – das gehörte zu den Dingen, die meine Mutter immer sagte.
Tante Svea hätte es ganz anders ausgedrückt. Sie hätte gesagt:
ES KANN PASSIEREN, DASS MAN EIN NIGGERKIND KRIEGT.
DA HAT DER TEUFEL DIE HAND IM SPIEL – Papa.
LECK MICH DOCH AM ARSCH – Onkel Stig.
TEUFELSBLUT UND DIE TRÄNEN DER UNGEBORENEN
FLUCH UND VERDERBEN
ALSO NEIN, JETZT HAT ER DEN OPA INS BEIN GEBISSEN

Ich sehe sie im Sommer auf dem Lande am Frühstückstisch, gewöhnlich sind ein paar Verwandte dabei, DIE SICH AUFGEDRÄNGT HABEN. Onkel Knutte, ein wenig glatzköpfig, mit wabbligen bebenden Hängebacken, beim Frühstück stets etwas schwitzend, als vertrüge er es eigentlich nicht, immer recht schweigsam, abgesondert. Onkel Stig mit kurzem, ekkig geschnittenen Bart und Goldrandbrille redet nur von Metallegierungen und den jüngsten Erfolgen der russischen Technologie im Koreakrieg. Von Panzern, die trotz ihrer Dünnwandigkeit den amerikanischen Raketenbomben standhalten. Von der Möglichkeit, sich die Wärme im Inneren der Erde zunutze zu machen, wenn die fossilen Energiequellen zu schwinden beginnen. Tante Svea, groß, mit hochroten Wangen und rauhen Händen, die sich wie Sandpapier anfühlen, wenn sie einem die Backen tätschelt, erzählt phantastische Geschichten von den Restaurantküchen der Krisenzeit: von mageren bläulichen Fuchskörpern mit abgehackten Pfoten, die ganz diskret um sieben Uhr morgens am Kücheneingang abgeliefert werden, von der schweren Pfanne mit dem Bauernfrühstück, die herumgereicht wird, bis sich an ihrer Oberfläche langsam eine dicke, graue Schicht von erstarrtem Fett bildet, und vom betrunkenen Holzhändler, der einen seiner Hosenträger ins Klo fallen läßt und ihn dann ordentlich über sein elegantes Nylonhemd vom Schwarzmarkt legt, ohne etwas von der Sache zu bemerken, und diskret im Taxi nach Hause gebracht werden muß.

Tante Clara – nein, die ist schon nicht mehr da. Großmutter Emma war nie dabei, gehörte nicht dazu, war nicht einmal eine richtige Großmutter, sondern nur eine Adoptivgroßmutter, und ist gestorben als ich drei Jahre alt war. Ich kenne sie nur vom Hörensagen. (Wie um alles in der Welt bin ich darauf gekommen, an sie zu denken – es geschieht etwas mit meinem Gedächtnis, etwas Seltsames, was ich nicht für möglich gehalten hätte, Dinge beginnen darin aufzutauchen, von denen ich nicht gedacht hätte, daß sie dort sein könnten. Seit einigen Tagen verfolgt mich eine Erinnerung, die aus der Zeit vor meinem dritten Geburtstag stammen muß; ich gehe mit Großmutter Emma, die mich an der Hand hält, unter kolossal hohen, grünen Bäumen auf dem Djäkneberg in Västerås spazieren, Laubschatten flirren in Strudeln, ja wirklich in Strudeln auf der Erde. Und daß dies alles in einer ungeheuer frühen Zeit stattfindet, läßt sich nur daran erkennen, daß die Parkbänke so unglaublich hoch sind.)

EIN ANDERER.

Dieser Ausdruck gehört zu den eigentümlichsten, sonderbarsten Arten der schwedischen Sprache, »ich« zu sagen. Es ist Umgangssprache, aber viel interessanter als das Umgangssprachliche ist natürlich das Philosophische daran. EIN ANDERER – das ist ja ein Florettfechter, der im letzten Moment zur Seite springt und den Degen seines Gegners die leere Luft durchbohren läßt, wo eben noch jemand stand.

Ich kann mir keine seltsamere, gespenstischere Sprache vorstellen als eine, in der es möglich ist, von sich selbst zu reden als wäre man jemand anders.

– »EIN ANDERER« HAT SICH JA MEIST ALLEIN DURCHSCHLAGEN MÜSSEN.

Das bedeutet: Ihr habt ja nicht besonders viel getan, um mir zu helfen, ihr habt eigentlich einen ziemlich großen Anteil an meinen Problemen, es ist gar nicht so sicher, ob sie ohne euch überhaupt entstanden wären. Deshalb seid ihr mir auch eine Menge DANK SCHULDIG.

– JEDER IST SEINES GLÜCKES SCHMIED (wettert Onkel Stig vom anderen Ende des Tisches her).

Das bedeutet: Es ist deine eigene Schuld, daß du ein halber Alkoholiker bist.

UM DAS MASS DES UNGLÜCKS VOLL ZU MACHEN

Es ist sonderbar, aber wie oft ich auch in meinen Erinnerungen an all die Gespräche herumkrame, die ich in meiner Kindheit gehört habe, fällt mir kein einziges ein, bei dem nicht alle Gesprächspartner immerzu mehr oder weniger subtile Schuldgefühle gegeneinander ausspielten. Sie bedeuteten für ihren Umgang miteinander etwa dasselbe wie der Ball für das Tennisspiel.

Ohne diese Schuldgefühle wären sie in ihrem Verhältnis zueinander stehengeblieben, starr wie Statuen. Es hätte keine treibende Kraft, keine Motivation mehr gegeben.

Das Schuldgefühl war die gespannte Feder, die Replik das Häkchen, das sie löste.

Diese Schuldgefühle umfaßten ein riesiges, ein wahrhaft kirchenorgelhaftes Register, angefangen mit

GIBST DU MIR BITTE DAS SALZ

im höchsten Register, über

ES WÄRE SEHR NETT, WENN DU NOCH EIN BISSCHEN WAS VOM ZUCKER ÜBRIGLASSEN WÜRDEST

irgendwo zwischen der Salzionalstimme und der zweifüßigen Rohrflöte, bis hinunter zu grollenden, tiefen, zweiunddreißigfüßigen Bässen wie

WO ICH DOCH ALLES FÜR DICH GEOPFERT HABE

oder

WENN DU NICHT GEWESEN WÄRST, HÄTTEN WIR UNS SCHON NACH DEM ERSTEN JAHR SCHEIDEN LASSEN

Diese letzteren, extrem tiefen Stimmen wurden natürlich nur eingesetzt, um ganz besondere Effekte zu erzielen. Sozusagen für kirchliche Feiertage.
Was für seltsame Fugen, Toccaten, Ricercari, Passacaglien konnten sie nicht auf dieser sonderbaren Schuldorgel spielen, was für Abgründe an Kleinbauernangst, an infamem Tauschhandel mit schmutziger Wäsche beschworen sie nicht herauf. Ein einziger Lauf über das Manual, und schon hing jemand zappelnd im Netz, wenn sie geendet hatten.
WEISST DU, PAPA HAT MICH VON ALLEN GESCHWISTERN IMMER AM LIEBSTEN GEHABT
WEISST DU, STIG WAR SCHON IMMER MAMAS LIEBLING, ER WAR EIN SO TÜCHTIGER KLEINER JUNGE
Sie hatten kein leichtes Leben hinter sich, auch kein besonders dramatisches und schon gar keine tragischen Schicksale (es war immerhin in den vierziger Jahren, in denen eine ganze Menge echter Tragödien in der Welt ausgelöst wurden; man sollte den Sinn für Proportionen wahren), aber es war ihnen weiß der Teufel nie etwas zugestoßen, was sie einander nicht irgendwie zur Last legen konnten. Und dadurch erhielten sie eine glänzende Möglichkeit, einander ein bißchen Dampf zu machen, sich gegenseitig in die gewünschte Position zu bringen.
Die untere Mittelschicht in Schweden lebt von Schuld und Selbstverachtung, sie kennt nur eine einzige Form der Rhetorik, nämlich das Jammern.
BEFREIE DOCH ENDLICH DEINE LEIDENDE MENSCHHEIT
ABER ZU ALLERERST MICH, DENN ICH HABE AM MEISTEN GELITTEN
Man braucht nur einige Kilometer mit dem Schienenbus zu fahren, um zu sehen, wie es sich verhält. Wenn sie keinen anderen Grund zum Jammern haben, jammern sie über ihre verfluchten Krankheiten, ihre schmerzenden Knie, ihre Gallensteine und Magengeschwüre, ihre entzündeten Venen, ihren Schluckauf und ihr Sodbrennen, ihren Durchfall und ihre steinharten Scheißwürste, die in den Nachttopf klirren und dabei bilden sie sich immerzu ein, *irgend jemand würde sich schon um sie kümmern,* wenn sie nur jammern. DIESE VERDAMMTEN IDIOTEN

In diesem Augenblick spüre ich beispielsweise einen pulsierenden Schmerz, der mich in wenigen Minuten daran hindern wird, diese Sätze zu Ende zu schreiben. Er beginnt ziemlich weit unten am rechten Schenkel, wo er sich ungefähr wie flüssiges Metall anfühlt, oder wie irgendwas, das sich in der Muskulatur verfangen hat, ein goldener Draht könnte man vielleicht sagen. Dann strahlt er zur rechten Leiste aus, schickt ein ganzes Bündel von weißleuchtenden Golddrähten zum Nabel und zur Hüfte, an der Rückseite des Beins entlang, und ein Fächer dieses leuchtenden Goldes breitet sich bis zum Zwerchfell hin aus. Wenn ich mich hinlege, tut es nochmal so weh; wenn ich sitzenbleibe, wandert es zum Rücken hinauf, es behält nicht immer die gleiche Tonlage bei, die Frequenzen, die Schwingungszahlen dieses weißleuchtenden Goldes wechseln ständig, sie bilden Akkorde, ganz saubere Akkorde, bis sie sich plötzlich irgendwie verheddern und *schneidend* werden.

Aber das mache ich doch verdammt nochmal niemandem *zum Vorwurf! Niemandem!*

Seit drei Tagen viel besser. Es schmerzt noch ein wenig, das ist alles.

Komisch, gestern habe ich zwei Freunde gewonnen. Das ist mir schon lange nicht mehr passiert.

Der eine heißt Uffe, der andere Jonny. Uffe ist zwölf Jahre alt, Jonny wird demnächst zwölf.

Uffe kommt aus Skinnskatteberg und Jonny aus Borgå in Finnland. Gerade als ich hinausging und nach der Post schauen wollte, standen sie vor der Tür, fast zum Verwechseln ähnlich in ihren blauen Anoraks, ein bißchen sommersprossig, langmähnig wie Ardennerpferdchen.

Ich glaube sie wohnen in dieser Waldarbeitersiedlung oben in Sörby; ihre Eltern sind im letzten Herbst hergezogen. Sie gehen in die Zentralschule von Trummelsberg, aber sie hatten natürlich keine Ahnung, daß ich dort einmal Lehrer gewesen bin.

Sie waren auf irgendein Abenteuer aus, nach Schulschluß wie ich hoffe, es ist aber auch nicht ausgeschlossen, daß sie bei dem schönen Wetter ganz einfach einen Tag geschwänzt haben und dann Durst kriegten und Wasser haben wollten.

Aber ich vermute, daß sie vor allem aus reiner Neugier angeklopft haben. Sie wollten einfach nur wissen, was für ein sonderbarer Mann das ist, der in dem Häuschen hinter den

vielen Büschen und den langen Reihen von grünen Bienenstöcken wohnt.
– Kommt herein, sagte ich.
Sie waren ein wenig schüchtern. Ich erzählte ihnen was von den Bienen, aber das schien sie nicht besonders zu interessieren.
Dann redeten wir eine Weile von ihren Eltern: Offenbar haben die Väter bei einigen der großen Kahlschläge Arbeit bekommen, mit denen jetzt begonnen werden soll.
Von der Schule hatten sie nicht viel zu erzählen; doch, das Essen in der Kantine sei angenehmer als in ihren früheren Schulen, denn hier seien die Tabletts nicht aus Metall, und deshalb gebe es nicht so einen Heidenlärm. Der eine von ihnen wollte Eishockey spielen lernen, der andere interessierte sich für Korbball.
Nach und nach tauten sie in der Wärme meiner Elektroheizung auf und begannen vorsichtig mit dem Hund herumzuspielen. Jonnys Strümpfe waren völlig durchnäßt, wahrscheinlich hatte er Löcher in seinen Stiefeln (es ist mir überhaupt schleierhaft, wie er zu dieser Jahreszeit in Gummistiefeln herumlaufen kann), und ich schlug vor, ihm ein Paar alte Wollsocken von mir zu borgen oder zu schenken. Ein wenig zögernd akzeptierte er das Angebot und öffnete seinen Schulranzen, um seine eigenen, nassen hineinzulegen (ich hatte sie ihm in ein Stück Zeitungspapier eingewickelt).
Auf diese Weise entdeckte ich, daß er eine enorme Menge von Groschenheften mit sich herumschleppte, alle schon ziemlich zerlesen. Ich bat ihn, sie mir anschauen zu dürfen; es war ein überraschend großer Stapel für einen so kleinen Schulranzen, lauter Horrormagazine der schaurigsten Art: DER GRABMENSCH, KUNG FU, EISKALTE TRILLER, DIE PHANTASTISCHEN VIER und wie sie alle hießen.
Wir blätterten zusammen darin herum. Es war richtig interessant.
– Warum lest ihr so was?
Das konnten sie nicht erklären.
Ich glaube fast, ich könnte es erklären. Es ist die vage summende Angst der Vorpubertät, die sich irgendwo verdichten muß. Sie sucht Kristallisationspunkte. Man könnte es das Horroralter nennen. So saßen wir da, während die Uhr tickte, und redeten über Gespenster und dänische Torfmoorlei-

chen und über die mögliche Existenz von schrecklichen Monstern auf fremden Planeten, bis der Hund zu jaulen begann, weil er so nötig pinkeln mußte, und ich merkte, daß ich meine gewohnte Essenszeit verpaßt hatte.
Sie waren sehr glücklich glaube ich. Bevor sie gingen, versprachen sie, bald wiederzukommen. Und ich versprach ihnen, daß ich bis dahin eine viel bessere Horrorgeschichte für sie erfinden würde als diese jämmerlichen kommerziellen Heftchen sie bieten.
Diese kleinen Burschen haben mich irgendwie aufgemuntert. Sie haben mich an mich selbst erinnert. Außerdem frage ich mich allmählich, ob es nicht ein übereilter Entschluß war, als Lehrer aufzuhören. Aber erstens ist es nicht besonders lustig, jeden Wintermorgen um sechs Uhr aufzustehen und zu versuchen, den Wagen zu starten, und zweitens ist es reichlich spät, um jetzt noch darüber nachzudenken.

(Das gelbe Buch III:1–4)

Bisher ist folgendes geschehen: Die Bruderschaft auf dem Festland von Tinth hat Dick Roger in einem Boot zu den Nebeninseln geschickt. Diese werden seit über einem Jahr von dem Bösen Zauberkaiser Ming beherrscht, obwohl alle geglaubt hatten, er sei in Flammen und Rauch untergegangen, als sein schwarzer Turm am Ende der letzten Geschichte in ein von ihm selbst geschaffenes Loch im Universum stürzte. Nun sind Schiffe in der Meerenge bei Tinth verschwunden, ein düsterer, unnatürlicher Nebel hüllt die Inseln ein, und die Bruderschaft fürchtet, daß die Nichte des Großmeisters, die schöne Diana Din, die kürzlich von einigen furchterregenden, schwarzgekleideten Männern mit Ledermasken entführt worden ist, möglicherweise dort gefangengehalten wird.

Auf einer der entlegensten Inseln findet Dick Roger zwei zu Tode verängstigte finnische Seeleute, deren Schiff mitten in einer Windstille von einem eigentümlichen Zyklon in die Luft gewirbelt worden ist. Er versorgt sie mit Essen und mit trockenen Strümpfen. Die Matrosen haben schreckliche Dinge zu berichten.

Ming hält die Inseln mit der Hilfe seiner unmenschlichen Helfershelfer besetzt. Alle Flüchtlinge haben berichtet, sie seien unbesiegbar und besäßen übernatürliche Kräfte; wahrscheinlich sind es Dämonen. Die Inseln selbst sind in einen magischen Nebel gehüllt.

Vermutlich hält er Diana Din in seinen unterirdischen Sälen gefangen, wo er seine jüngste, grauenhafte Erfindung vorbereitet: eine riesige Orgel, die mit eigenartigen hochfrequenten Tönen die Psyche der Menschen beeinflussen und ihnen vor allem durch elektromagnetische Schwingungen selbst über große Entfernungen hinweg Schmerzen zufügen kann.

In einem Häuschen auf einer kleinen Felseninsel kurz vor der Küste, finden Dick Roger und seine Begleiter einen sonderbaren, weißbärtigen alten Mann namens Sigismund, der behauptet, ein unfehlbares Heilmittel gegen die schrecklichen Wirkungen der Riesenorgel zu besitzen.

Das Heilmittel ist mit einer magischen Schlange verknüpft, und der Alte besteht hartnäckig darauf, sie in einem Tonkrug mitzunehmen.

Nach einem gewaltigen Sturm gelangen die Seefahrer zu der nebelumwobenen Küste von OG.

Obwohl jetzt schon längst Vormittag sein mußte, herrschte noch immer tiefe Dunkelheit. Zwischen den Nebelschleiern, die sich ständig unruhig hin- und herbewegten, als seien sie lebendige Wesen, tauchten hohe schwarze Uferklippen auf. Über ihren Kamm zog ein endloser Strom von niedrig und rasch dahinfliegenden Wolken – wie eine Heerschar, dachte Dick, eine Heerschar von ruhelosen Geistern.
Die Brecher flachten jetzt langsam ab. Der Sturm, der in der Nacht so heftig getobt hatte, ging allmählich in eine Dünung über.
Er blickte für einen kurzen Moment zurück. Die erschöpften Matrosen in ihren zerfetzten und zerschlissenen Jacken aus gegerbtem Leder bargen gerade die Reste an Proviant und Segeln von dem Schiff, das den Strapazen offensichtlich nicht mehr lange standhalten würde.
Der einzige, der einen völlig ruhigen Eindruck machte, war Sigismund; er hatte sich mit seinem Tonkrug und seinem Teppich auf einem Flecken von trockenem Sand ganz nahe an der schwarzen, steilen Uferböschung hingesetzt. Der Ort, die Zeit und die Situation schienen ihn nicht stärker zu beunruhigen, als wenn er sich auf einem schönen Sonntagsspaziergang befunden hätte.
In diesem Augenblick zog er gerade eine schöne silberne Flöte aus einem verborgenen Winkel des zerschlissenen, mantelartigen Gewandes, das er trug. Er putzte die Flöte sorgfältig an einem Ärmel des Mantels, bis sie selbst in dieser eigentümlichen Novemberdämmerung mit einem sonderbaren Glanz leuchtete.
Offenbar hatte er den Deckel des Tonkrugs geöffnet, der bei der gewaltsamen Landung wunderbarerweise nicht zerbrochen war. Er setzte die Flöte an die Lippen. Eine klagende, seltsame Melodie tönte durch das Brausen des Windes.
– Er spielt für die Schlange, dachte Dick.
Die beiden finnischen Matrosen, ja, sie hatten kurz vor der so unverhofften Strandung erzählt, sie seien tatsächlich finnische Matrosen und nach einem Schiffbruch, vor einigen Jahren in diesem Erdteil zurückgeblieben, trugen gerade Treibholz für ein Feuer zusammen.

– Ich frage mich, ob das klug ist, sagte Dick und zeigte auf das Holz. Es könnte sein, daß irgend jemand es sehr deutlich durch den Nebel sieht.
Die finnischen Matrosen nickten nachdenklich. Der Kopf der Schlange erschien jetzt über dem Rand des Tonkrugs. Sie wiegte ihn hin und her.
– Sie tanzt, sagte Dick eher zu sich selbst als zu den anderen. Ja, sie tanzt wahrhaftig!
Im gleichen Augenblick spürte er einen schneidenden, messerscharfen Schmerz. Er ging von einem Punkt in der Gegend der rechten Leiste aus. Dick schaute sich rasch um. Er sah, wie sich rechts und links auch die anderen vor Schmerzen krümmten. Einer der finnischen Matrosen wand sich offenbar in Krämpfen auf der Erde. Das einzige Geschöpf, das ganz unversehrt zu sein schien, war die seltsame Schlange in ihrem Krug.
Die Schmerzen waren schlimmer als er je gedacht hätte.
– Es gibt nur eine Möglichkeit, sagte Dick, der all seine Kraft aufbot, um überhaupt sprechen zu können. Die furchtbare Orgel muß mindestens zwei Wochen früher fertig geworden sein als wir erwartet hatten.
Wir müssen den Ort ausfindig machen, von dem die Schwingungen ausgehen!

(Das blaue Buch III:1)

»Bösartige Geschwulste entstehen dadurch, daß eine Zelle, eine Zellgruppe oder ein Gewebe sich aus dem Verband lösen und eine selbständige Einheit bilden, die am übrigen Organismus schmarotzt. Morphologisch zeigen diese Geschwulste eine ungeordnete und ziellose Struktur, ähnlich der von embryonalem Gewebe, ihre Zellen einen von dem normalen abweichenden Bau von unregelmäßigem, sehr unterschiedlichem Aussehen. Eine bösartige Geschwulst wuchert rasch und selbständig, unabhängig vom übrigen Organismus. Bei ihrem Wachstum zerstört sie das umgebende normale Gewebe, teils durch den Druck, der durch die expansive Vergrößerung entsteht, vor allem aber durch unmittelbare Destruktion. Die Geschwulst dringt in die benachbarten Interzellularräume, in die Blut- und Lymphgefäße teils durch haarfeine Plasmafortsätze ein, teils aber auch dadurch, daß sie einzelne Zellen oder kleine Partikel in die Blut- und Lymphbahn streut. Diese setzen sich in einem entfernteren Organ fest und bilden hier neue Geschwulstherde, welche die gleichen destruktiven Eigenschaften haben wie die Muttergeschwulst.«

(Das blaue Buch: Abschrift aus einem
nicht identifizierten Buch, III:16)

Nach dem, was gestern geschehen ist, wird mir klar, daß ich die Schmerzen bisher nicht richtig ernst genommen habe. Ich habe nur mit ihnen gespielt. Man könnte fast sagen, daß ich mir von ihnen einen neuen Lebensinhalt habe geben lassen – der Wechsel zwischen den Tagen, an denen es nicht weh tat und den Tagen, an denen es weh tat, war sehr dramatisch.
Es gab ja etwas, worauf man jeden Morgen beim Aufwachen hoffen konnte, und jeden Abend beim Schlafengehen war man immer wieder genauso gespannt, ob die Nacht schmerzfrei sein würde. Manchmal vergingen ja Perioden von zwei, drei bis zu vier Tagen, ohne daß ich das geringste von dieser sonderbaren Stelle an der rechten Leiste spürte.
Der Schmerz hob dramatisch die Tatsache hervor, daß ich einen Körper habe, nein, daß ich ein Körper *bin*, und aus dieser Tatsache, daß ich ein Körper bin, ließ sich ein eigentümlicher Trost, fast eine Geborgenheit schöpfen, ungefähr wie ein sehr einsamer Mensch aus der Gegenwart eines Haustiers Geborgenheit schöpft.
Dieses Haustier war sehr problematisch und glich vor allem gegen Morgen eher einem wilden Tier, aber es gehörte jedenfalls irgendwie *mir*, genau wie der Schmerz *mir* gehörte und niemand anderem.
Aber jetzt beginne ich mich zu fragen, worauf ich mich eingelassen habe, als ich beispielsweise diesen Brief verbrannte, ohne ihn aufzumachen.
Was ich heute in der späten Nacht und in den Morgenstunden erlebt habe, *hätte ich einfach nicht für möglich gehalten.* Es war absolut fremd, weißglühend und völlig überwältigend. Ich versuche, sehr langsam zu atmen, aber solange es anhält, ist selbst dieses Atmen, das mir wenigstens auf eine sehr abstrakte Art zwischen dem Schmerz als Empfindung und der Panik unterscheiden helfen soll, eine fast übermächtige Anstrengung.
Nichts mehr von einem Haustier. Eine furchtbare, unerhörte, weißglühende, unpersönliche Kraft läßt sich in meinem Nervensystem nieder, okkupiert es bis aufs letzte Molekül und versucht, jeden Nerv in eine Wolke von blendend weißen Gasen zu zersprengen, wie in – in der Sonnenkorona (ich habe die ganze Nacht lang an Sonnenprotuberanzen gedacht, wie sie pulsieren, wie sie in Kaskaden auf der Oberfläche der Sonne hervorbrechen).

Ich erkenne, daß ich mit der ganzen Sache gescherzt habe. Ich habe sie ebensowenig ernst genommen wie irgendwas anderes in diesem Leben.
Aber dies kommt von außen! Mein Gott, woher kommt es? Und was für ungeheure, geheimnisvolle Kräfte kann nicht ein armes, geplagtes Nervensystem produzieren. Kräfte, die ausschließlich gegen mich gerichtet sind. Ausgerechnet gegen mich!
Jetzt ist es wieder etwas besser geworden. Seit ein paar Stunden ist es tatsächlich besser. Aber mir läuft immer noch der kalte Schweiß herunter, und der Stift zittert in meiner Hand, wenn ich zu schreiben versuche.
Ich hoffe, nein ich bin ganz sicher, daß es niemals wiederkommt, es ist bestimmt etwas zerstört worden, so endgültig zerstört, daß es nie mehr weh tun wird.
Aber vielleicht kommt es schon in wenigen Stunden wieder?
Was ich erlebe, ist ja die totale Auflösung, die totale Verwirrung.
Ich hatte ja bisher nie so recht begriffen, daß die Möglichkeit, uns selbst als etwas fest Umrissenes, Geordnetes, als menschliches Ich zu empfinden, davon abhängt, daß eine Zukunft möglich ist. Die gesamte Vorstellung vom Ich gründet sich darauf, daß es auch morgen noch existieren wird.
Dieser weißglühende Schmerz ist natürlich im Grunde nichts anderes als ein genaues Maß der Kräfte, die diesen Körper zusammenhalten. Es ist ein genaues Maß der Kraft, die mir meine Existenz ermöglicht hat. Tod und Leben sind eigentlich UNGEHEUERLICHE Dinge.

(Das gelbe Buch III:23)

»Asta Bolin behauptete nicht, eine Antwort darauf zu wissen, ob das Leiden einen Sinn hat. Das Thema des Vortrags war vielmehr um der Frage willen formuliert worden.
Dennoch hatte sie viele gute Worte zu geben, Worte des Trostes, Worte über den Sinn.
Sie erzählte, wie sie einmal, als ein Freund in tiefer Trauer das Gefühl absoluter Sinnlosigkeit hatte, in ihrer Ratlosigkeit einige Worte gesagt habe, die ihm eine wirkliche Hilfe waren. Diese Worte lauteten: ›Alles bekommt doch wohl den Sinn, den wir ihm selbst geben.‹
Asta Bolin wollte diese Worte nicht als irgendeine philosophische oder sonstige Wahrheit verstanden wissen, aber sie meinte, sie drückten doch etwas Wesentliches aus: das man nämlich seiner Trauer gegenüber aktiv sein kann, daß man sie bearbeiten kann.«

(Das gelbe Buch: Zeitungsausschnitt aus der *Vestmanlands Läns Tidningen*, 10. März, III:26)

Moorland, Sumpfland. Langsame, träge Gewässer, die sich in viele kleine Kanäle auffächern. Vögel, die hastig in einer einzigen Wolke davonstieben, wenn man sich nähert. Sanfte Winde, die das tiefe braune Wasser kräuseln. Wolken.
Einen großen Teil meiner Kindheitssommer habe ich südlich des Waldes verbracht, bei den Hüttenwerken von Ramnäs.
Es ist sonderbar, aber immer, wenn ich Trost brauche, keinen flüchtigen, leichten, sondern einen tiefen Trost, einen Trost, der dir sagt, daß nichts besser werden wird, und daß du dich trotzdem getröstet fühlen mußt – dann kommt mir diese Gegend wieder in den Sinn.
Und alles ist ein einziges Geräusch von fließendem Wasser, fast überall. Von den schwarzen Strudeln der Schleuse bei Färmansbo bis hinunter zu den sonderbar wehmütigen, vogelreichen Sumpfgebieten am See Norra Nadden.
Der Fischschwarm, der ganz still im seichten Wasser steht und blitzschnell verschwindet, wenn ein Schatten darüberfällt.
In dem Flüßchen Kolbächsån irgendwo zwischen den Seen wären mein Vater und ich einmal fast ertrunken, als wir versuchten, an einem Tag tief im November 1943 hinüberzurudern, um bei einem Bauern Butter zu kaufen. Es war ein alter, brauner Kahn von der Art, wie die Bauern ihn benutzen – aber nur südlich vom See Åmänningen, wo der Boden von den dort wachsenden Algen spiegelglatt ist, woanders sind sie spitzer – in einem solchen Kahn kann man sich den Hals brechen, wenn man sich beim Herumlaufen nicht in acht nimmt, und obendrein leckt er wie der Teufel.
Der Kahn, den wir uns geliehen hatten, leckte ganz fürchterlich, viel stärker, als wir erwartet hatten, und wir mußten uns immerzu beim Ausschöpfen ablösen, wie die Verrückten, mit schmerzenden Armen, bevor wir im letzten Moment in einer Schlammbank am anderen Ufer landeten. Das Wasser war eiskalt und meine Hände waren ganz blau.
Dieses Ausschöpfen erschien mir, wie ich jetzt meine, als ein Bild des Lebens, so klein ich auch war.
Der Schwarzmarkthandel spielte in meinem Leben als kleiner Junge eine enorme Rolle. Ich hatte den Eindruck, wir seien ständig auf nächtlichen Expeditionen unterwegs, um Butter oder Essensmarken zu kaufen oder um zerstückelte Teile eines Elchs zu erwerben.

Seit drei Tagen fließt der Schmerz schwächer. Es ist, als habe er irgendeinen entsetzlichen Wasserfall durchquert und wir seien jetzt wieder im Stauwasser angelangt, in den schwarzen, trägen Strudeln auf der anderen Seite. Gestern bin ich wieder ein bißchen spazierengegangen. Ich habe es nicht gewagt, Auto zu fahren, dazu fühle ich mich ein bißchen zu schwach, aber da Sundblad über die Februarferien hier ist und weiß, daß es mir nicht besonders gut geht, habe ich jeden Tag beim Kaufmann Besorgungen gemacht bekommen. Ich frage mich nur wie es gehen wird, wenn die Sundblads wieder weg sind. Wahrscheinlich komme ich wieder auf die Beine. Zutiefst habe ich das Gefühl, eine Art Krise überstanden zu haben: Ich fühle mich jetzt eigentlich nur noch zerschlagen. Ich rede mir ein, ob zu Recht oder Unrecht, daß es etwas wie ein Geschwür ist, das aufbrechen mußte und aufgebrochen ist, und jetzt, da es aufgebrochen ist, muß ich automatisch auf den Weg der Besserung kommen. Ich hoffe, das stimmt.
Jedenfalls muß es mich viel Kraft gekostet haben. Das, was letzte Woche geschah. Was immer es gewesen ist. Den ganzen Morgen lang habe ich überlegt, ob ich die Leiter zum Dachboden aufstellen soll, um ein paar Rahmen für die Bienenstöcke herunterzuholen, die abgeschmirgelt und neu lakkiert werden müssen. Dann hätte ich etwas Sinnvolles zu tun gehabt; dieses Schreiben macht mich nur noch deprimierter.
Aber nachdem ich den halben Morgen lang überlegt hatte, bin ich zu dem Schluß gekommen, daß ich es ganz einfach nicht schaffen würde.
Vielleicht morgen.

Die Wolken zogen immer niedrig über dieses Sumpfland hin und spiegelten sich im Wasser, in den Kanälen.
Zuweilen hatte ich in diesen Sommern – besonders in den Sommern der vierziger Jahre – das Gefühl, unter einem Dach zu gehen. Als sei ich in irgendeine komplizierte Falle geraten.
Damals in den vierziger Jahren gab es noch diese Bauernküchen mit den riesigen, weißgekalkten Herden. An jedem Feiertag wurden sie mit einer neuen Kalkschicht übertüncht, sie müssen mit den Jahren durch all diese Kalkablagerungen gewachsen sein.

So ein riesiger, weißgekachelter, warmer Herd muß es gewesen sein, an dem mein Vater und ich damals unser Abenteuer beendeten. Ich erinnere mich noch an den Geschmack des dünnen, wie angebrannt schmeckenden Kaffees, den wir damals gewöhnlich tranken.

Auf der Kuppe eines jener hohen Hügel an der Westseite des Sees Åmänningen, wo damals eine alte, steile, geschotterte Straße von Fagersta nach Virsbo führte, hatte mein Onkel Sune einen Kaufladen.

Ein grünes Haus mit einer Tanksäule davor, einer großen, roten Tanksäule von dieser wirklich faszinierenden Art mit einer Glasglocke obendrauf, in der man sah, wie das gelbe Benzin eine Schraube antrieb. In den vierziger Jahren war natürlich kein Benzin in der Säule, aber flott war sie trotzdem. Im Obergeschoß wohnte der Onkel zusammen mit seiner unglaublich fetten Frau Ruth, die man nie draußen sah; ich glaube, sie hatte sogar Schwierigkeiten, die Treppe zum Laden hinunterzukommen, wo sie mit einer riesigen, etwas blutbefleckten Metzgerschürze vor dem runden Bauch präsidierte.

Der Laden war innen ganz braun, braune Wände, braune Theke, aus der braunen Theke kam eine braune Schnur aus einem Loch hervor, das jemand mit einem Stemmeisen herausgebrochen haben mußte. Das war lange vor der Zeit der Plastiktüten. Eine Fleischtheke aus Glas, wo einige grünliche Leberscheiben in einer undefinierbaren, organischen Brühe herumschwammen. Hinten ein kleines Zimmer, in dem Onkel Sune halbe Nächte lang Lebensmittelmarken zählte, die Brille mit der Stahlfassung in die Stirn geschoben, auf dem Hof ein Schuppen mit Petroleum, Eisenwaren, einigen der streng rationierten Fahrradreifen und anderen Kleinigkeiten.

Er rauchte immer kleine braune Zigarillos, und da er einen Schnauzbart von einem ähnlichen Modell wie Nietzsche oder Stalin hatte, war man immer etwas besorgt, daß dieser Schnurrbart Feuer fangen würde, wenn der Zigarillostummel langsam wie eine altmodische Zündschnur darin verglimmte.

Er hatte vielleicht noch andere Ähnlichkeiten mit Nietzsche. Er war Individualist. Er ließ sich nicht beeindrucken. Bei den Gesprächen über das Kriegsgeschehen, die sich vor seiner

Theke abspielten, während er mit dem Zigarillostummel im Mundwinkel hin- und herrannte, hinter jedes Ohr einen Bleistift geklemmt, und eine Schere für die Lebensmittelmarken mit einer Schnur am Gürtel befestigt, immer in Eile, pflegte er den Stummel nur für einen Augenblick aus dem Mund zu nehmen und zu zischen:

– Ist doch alles nur die gleiche Scheiße!

»Ist doch alles nur die gleiche Scheiße« war für ihn fast so etwas wie ein Motto, ein Kommentar, dessen er sich in allen etwas dramatischeren Momenten bediente.

Er hatte einen Lastwagen, einen Volvo, mit einem angeschlossenen Holzvergaser in einem der Schuppen auf dem Hof hinter diesem Haus an der Schotterstraße. Manchmal lief der Wagen, manchmal nicht. Es brauchte Stunden, um das Holz für den Vergaser zurechtzusägen, kleine Klötze von einer speziellen Form, die man aus runden, mit der Schrotsäge vorbereiteten Stücken hackte. Es war höllisch mühsam, das Feuer im Kessel zu entfachen, es war die reinste Geduldsprobe, bis das Gas vorschriftsmäßig in die verschiedenen Kanäle des sonderbaren hohen Topfes hinter dem Fahrerhäuschen strömte. Manchmal begann es richtig darin zu brennen, und dann mußte man sofort am nächsten Seeufer halten – es gab gottlob viele – und Wasser über die ganze Anlage schütten. Und die Zylinder waren immer mit dunkelbraunem Teer verklebt und verschmiert.

Aber er brauchte den Wagen unbedingt, um Mehl und Zukker und Milchkannen herbeizuschaffen, und sonderbare Dinge aus Västerås und Kolbäck, die nur nachts in aller Stille transportiert wurden.

Onkel Sune befaßte sich mit vielerlei Dingen. Das tat er übrigens noch bis weit in die sechziger Jahre hinein, aber da war er natürlich schon längst ins Baugewerbe übergewechselt und gehörte zu denen, die sich staatliche Darlehen für Mietshäuser beschafften. Diese wurden dann auf ganzen Feldern in Hallstahammar und Virsbo aus dem Boden gestampft und zu schwindelnden Preisen an finnische Industriearbeiter vermietet; sie schossen in jener Gegend wie die Pilze aus dem feuchten västmanländischen Lehm. Aber das ist auch eine ganz andere Geschichte. Da war er schon nach Västerås in eine Achtzehn-Zimmer-Villa mit Swimmingpool und Kupferdach gezogen und nannte sich Baumeister.

Aber jetzt war es also in den vierziger Jahren.
Im Sommer 1940 trieb Sune drei große Fässer mit erstklassigem Benzin auf. Er bekam sie ausgerechnet aus Norwegen, ich weiß nicht genau wie das möglich war, aber wahrscheinlich hat er sie für etwas anderes eingetauscht.
Der Motor des Lastwagens war zu kaputtgefahren, als das es sich gelohnt hätte, ihn wieder auf Benzinbetrieb umzustellen, aber er hatte ja noch seinen alten Plymouth, ein Vorkriegsmodell, der zwei ganze Jahre lang im Schuppen eines benachbarten Bauernhofes aufgebockt gewesen war.
Er schleppte ihn mit zwei Pferden nach Hause und verbrachte einen Samstag und einen Sonntag damit, ihn wieder auf Touren zu bringen. Der Motor schnurrte wie eine Katze mit dem kostbaren deutschen Flugbenzin, das auf irgendeine seltsame Weise über die norwegische Grenze gelangt war, die damals nicht einmal Flüchtlinge überqueren konnten.
Nun war es natürlich ganz klar, daß er nicht ohne weiteres mit normalem Benzin herumfahren konnte. Das hätte ihn in kürzester Zeit hinter Schloß und Riegel gebracht. Die Nachbarn waren auch so schon neidisch und mißgünstig genug.
Obwohl er ihnen doch monatelang Kredit gewährt hatte, fast jedem von ihnen. Ganz zu schweigen von allen möglichen Schiebereien mit den kostbaren Lebensmittelmarken, bei denen er immer beide Augen zudrückte. Dieses undankbare Pack, das ihn nur immer verleumdete. Alles nur die gleiche Scheiße!
Er fand eine kleine Autowerkstatt in der Nähe von Sörstafors, die einen Holzvergaser für Personenkraftwagen hatte. Dieser war auf einem kleinen Anhänger installiert und wurde durch ein kompliziertes System von Schläuchen, Leitungen, Stangen und Kugelgelenken mit dem Wagen verbunden. Es war ein völlig verrosteter und brandgeschädigter Holzvergaser, der aber noch eine Eigenschaft hatte: Er konnte auf seinen Rädern rollen.
Onkel Sune kaufte ihn als Schrott für fünf Kronen, brachte ihn auf dem Lastwagen nach Hause und verbrachte ein ganzes Wochenende damit, dieses Monstrum mit Silberbronze anzustreichen. Solange man nicht an der Bronze herumkratzte, sah es fabelhaft aus.

Der Wagen lief mit seinem Benzin wie ein Uhrwerk, und der Vergaser holperte auf dem Anhänger hinterher so gut es ging. Natürlich verlangsamte er das Tempo ein wenig, aber sonst war es genauso wie in einem Vorkriegsauto zu fahren.

Onkel Sune fuhr in halb Västmanland herum, genoß seine neue Bewegungsfreiheit mit vollen Zügen, führte seine rundliche Frau zum Kinobesuch in Västerås aus und fand das Leben auf der ganzen Linie angenehm. Übrigens war es eine Zeit, in der die Geschäfte hervorragend gingen.
Diese alte Landstraße zwischen Virsbo und Fagersta war ja nicht besonders gut in Schuß. Heute führt eine Asphaltstraße quer durch Onkel Sunes Hof, von dem grünen Kaufladen ist nichts mehr übrig geblieben, die einzige Erinnerung an das Anwesen ist eine ungewöhnlich schöne alte Esche, die auf wunderbare Weise den Raupentraktoren und Sprengungen standgehalten hat und sich jetzt über die rechte Fahrbahn neigt.
Jedesmal wenn ich daran vorbeifahre, denke ich an diese Zeiten. Und noch belaubt sich die Esche in jedem neuen Frühling.
Das sind starke Bäume, die Eschen.
Die alte Straße hatte nach den Holztransporten des Winters ganz fürchterliche Buckel in der Mitte. Im Vorfrühling konnte es manchmal passieren, daß ganze Stücke vom linken Straßenrand (ich sehe die Landschaft immer von Norden nach Süden, aber ich bin daran gewöhnt, daß wir meist in die andere Richtung fuhren) in den See Åmänningen stürzten, und dann verkündeten die Warnstöcke der Straßenverwaltung mit ihrer leuchtend roten Farbe, hier müsse man vorsichtig sein. Es gab unglaubliche Steigungen, die längste davon war bestimmt fünf Kilometer lang, ein Wunschtraum für jeden Radfahrer, der von Norden kam, und ein Alptraum für den, der von Süden kam.
Die neue Straße ist fast ganz eben. In diesen mächtigen Hügelketten, den Ausläufern des Landsbergs, verläuft sie durch riesige, herausgesprengte Einschnitte, und die schilfbewachsenen alten Sümpfe in der Umgebung des Sees Södra Nadden mit ihren windgekräuselten Kanälen, ihren Wildenten und geheimnisvollen Labyrinthen von trägen, schwarzen

Gewässern hat man zum Teil mit Tausenden von Wagenladungen dieses Füllmaterials von den Sprengungen zugeschüttet. Man hat die Landschaft umgekrempelt.
Vielleicht hat diese Landschaft ihre Seele verloren. Vielleicht versteckt sie sich auch nur. Ich glaube, daß sie eines Tages zurückkehren wird.
Wie auch immer: Die Straße war damals, im Frühjahr 1942 oder 1943, in einem schrecklichen Zustand, und nach einem Briefwechsel, der ein halbes Jahr dauerte, brachten die beiden Gemeinden Virsbo und Västanfors die Provinzialregierung in Västerås dazu, eine Straßenbesichtigung zu machen.
Die Herren von der Provinzialregierung brachen frühmorgens in zwei vollbeladenen Autos auf, mit Holzvergasern wie zu vermuten ist. An der Straßenkreuzung nördlich von Virsbo traf die Abordnung mit Repräsentanten der Gemeinde Virsbo zusammen (ich zitiere nach der *Vestmanlands Läns Tidningen*), die sich in einem dritten Wagen anschlossen.
Auf diese Weise war es eine außerordentlich geglückte Demonstration, daß dem letzten Wagen, besetzt mit dem Direktor der Straßenverwaltung und dem Sekretär der Provinzialregierung, der gleichzeitig eine ebenso hohe Position bei der Rationierungsbehörde innehatte, drei Kilometer südlich von Onkel Sunes Hügel die Hinterachse brach. Zusammen mit zwei Assessoren der Provinzialregierung mußten sie durch den Schneematsch des Vorfrühlings waten, bis sie zu Onkel Sunes Haus kamen. Zu ihrem Pech waren sie ja auch noch am Ende der Kolonne gefahren, als das Unglück passierte, und die Leute in den beiden anderen Wagen hatten offenbar nichts davon gemerkt.
Sie stapften also durch den Schneematsch und diskutierten lebhaft darüber, ob sie in Richtung Fagersta gehen oder nach Virsbo zurückkehren sollten, und mitten in der Debatte erblickte der Sekretär der Provinzialregierung Onkel Sunes rote Tanksäule oben auf dem Hügel.
Mittlerweile lief ihm der Schweiß über sein hochrotes Gesicht, und sein Wollschal, den er in die Tasche gesteckt hatte, schleifte wie eine Schleppe hinter ihm her. Die Aktenmappe hatte gottlob einer der Assessoren an sich genommen.
Onkel Sune kannte ja sowohl den Direktor der Straßenverwaltung als auch den Sekretär der Provinzialregierung aus der *Vestmanlands Läns Tidningen* und erbleichte für einen

Moment. War irgendeins seiner besseren Geschäfte in der letzten Zeit vielleicht doch zu gewagt gewesen?
Als er sah, in welchem Zustand sie sich befanden, beruhigte er sich rasch wieder und lächelte unter dem Stalinschnauzbart sein gewinnendstes Lächeln.
Bald saßen die Herren in Unterhosen an einem gedeckten Kaffeetisch im Obergeschoß, während Ruth nebenan in der Küche ihre Hosen mit einem dampfend heißen Bügeleisen bearbeitete. Man sprach über den schrecklichen Zustand der Straße, tatsächlich brachen den Wagen ja jeden zweiten Tag die Hinterachsen, und über die Schwierigkeiten, die ein armer Kaufmann in diesen Krisenzeiten mit der Abrechnung der Lebensmittelmarken hatte, und selbstverständlich hatten die Herren Verständnis dafür, unter uns gesagt, Herr Jansson, so einfach ist es schließlich auch nicht, in der Rationierungsbehörde zu sitzen, und ist vielleicht noch ein ganz, ganz kleiner Kognak gefällig?
Es war urgemütlich und hätte noch bis tief in den Abend so weitergehen können. Dem Direktor der Straßenverwaltung war es völlig klar, daß die Straße in Windeseile asphaltiert werden mußte, wenigstens bis zu diesem wirklich netten kleinen Laden hin, und alles war Friede und Freude, bis einer der Herren zufällig einen Blick auf seine Uhr warf.
Panik! Rasch die Hosen an, vielen herzlichen Dank, und jetzt ist nur die Frage, lieber Herr Jansson, ob Sie uns freundlicherweise fahren könnten – nach Virsbo oder nach Västanfors – ja, was ist denn übrigens näher?
– Ach so, nach Västanfors? Aber lieber Herr Jansson, wo Sie schon *soo* freundlich gewesen sind, und jetzt wollen Sie uns auch noch bis hinunter nach Västanfors fahren. Sie haben gerade Ihren neuen Holzvergaser in Ordnung gebracht, wie ich hörte?
Onkel Sune schlich in den Petroleumschuppen hinaus und tankte den Plymouth voll.
Die Autofahrt war genauso nett wie der ganze Nachmittag. Onkel Sune war allerbester Laune, der Zigarillo wippte munter im Nietzscheschnauzbart, und auf der Höhe der Trinkerheilanstalt von Sundby war es ihm praktisch gelungen, bei der Rationierungsbehörde eine Sonderzuteilung von Textilien für seinen Laden zu erwirken. Im Triumph fuhr der Wagen vor dem alten Gemeindehaus von Fagersta vor, wo

ein düsteres Empfangskomitee sich ein wenig aufheiterte, als es die Herren auf dem Rücksitz erblickte. Es waren Gemeinderäte von drei Orten, Herren vom Provinziallandtag und von der Straßenverwaltung und der Polizeidirektion von Västanfors.
Die Herren stiegen aus und bedankten sich für die Fahrt. In diesem Moment entdeckte jemand, daß der Holzvergaser fehlte. Er war ganz einfach nicht da! Entweder hatte Onkel Sune ihn in der Eile anzuschließen vergessen oder das Scheißding hatte sich unterwegs losgerissen, was noch wahrscheinlicher war.
Er war ebenso ehrlich erstaunt wie alle anderen.
– Ja du liebe Güte, sagte Sune, wo ist denn mein Holzvergaser geblieben?
Der Wagen tuckerte munter im Leerlauf, aber niemand war – gottlob – geistesgegenwärtig genug, um das zu bemerken.
– Wir müssen das Scheißding unterwegs verloren haben, sagte Sune.
Aber wie sind wir dann um Himmels willen hergekommen? fragte der Direktor der Straßenverwaltung.
– Das ist doch ganz einfach, sagte der Sekretär der Provinzialregierung mit dem ganzen Nachdruck und dem überlegenen Wissen des höheren Beamten. *Es gab doch so enorme Hänge.*
– Aber die sind wir doch hinaufgefahren, sagte der Direktor der Straßenverwaltung matt. Wir sind doch verdammt nochmal die ganze Zeit bergauf gefahren.
– Tja, ist doch alles nur die gleiche Scheiße, sagte Onkel Sune nicht ohne eine gewisse Nachdenklichkeit

(Das gelbe Buch III:30)

Alles nur die gleiche Scheiße. Während man in die Volksschule, ins Gymnasium, ins Lehrerseminar ging, wurde man Schritt für Schritt in eine feinere Sprache eingeschleust. Und in eine abstraktere. Man war ja nur allzu willig, sie zu lernen. Im Gymnasium konnte man den Unterschied zwischen Kindern aus der Unterschicht und Kindern aus der Mittelschicht feststellen. Die Kinder, deren Eltern zur Unterschicht gehörten, hatten eine härtere, illusionslosere Sprache. Die gleiche Erfahrung machte ich, als ich selbst Lehrer wurde.
Eine Froschperspektive, in der alle Motive für alle Handlungen hart, egoistisch, zynisch wurden.
Die Sprache der Mittelschicht: die unsicherste von allen. Sie geht von dem Grundsatz aus, um eine höhere Stufe in der gesellschaftlichen Hierarchie zu erreichen, müsse man so auftreten, als sei man schon dort angelangt. Das schafft eine eigentümliche Unsicherheit im gesamten System. Man weiß, was die Worte bedeuten und weiß es doch nicht.
Seit einigen Monaten habe ich zum Beispiel »Scheißangst«. In einer anderen Sprache würde das heißen, daß ich Todesangst habe. Todesangst gibt der Sache eine ganz andere Dimension, als liege eine höhere Einsicht darin, wenn man »Todesangst« statt »Scheißangst« sagt.
Ich kann nicht sehen, daß es diese höhere Dimension gibt.
Nichts hat mir so klar wie die Erfahrung der letzten Monate gezeigt, daß die Gesellschaft ein Unterbewußtsein hat. Das mag daran liegen, daß die Angst mich von all den Sprachen befreit, die man mir einmal beigebracht hat, um mich dagegen zu wehren. Ich beginne mit der schrecklichen Klarheit des Knabenalters zu sehen, mit seiner angstvollen Klarheit.
Das Unterbewußtsein der Gesellschaft. Die Versuchstiere, die in den Laboratorien langsam zu Tode gequält werden, Schläuche in Halsvenen und Magen eingeführt, Krebszellen, die lebendigen Hunden mit langen, schmalen Kanülen in die Leber gepflanzt werden. Die Aufenthaltsräume der Nervenkliniken, die mageren, zitternden Alkoholiker an der großen Brücke in Västerås.
Fortwährend wird ein entsetzlicher Preis bezahlt. Aber an wen? Und wofür? Was ist bisher für meine Existenz bezahlt worden?

...

Jetzt ist schon soviel Schnee weggeschmolzen, daß die nassen

Steine und das vermoderte Laub des Vorjahrs überall sichtbar werden.
Das Paradies habe ich mir immer trocken und heiß vorgestellt, auf keinen Fall feucht.
Im Paradies gibt es keine Lügen.

(Das blaue Buch III:5)

Vier vollkommen schmerzfreie Tage. Uffe und Jonny waren gestern wieder hier. Ich habe ihnen meine Horrorgeschichte vorgelesen. Sie waren nicht so beeindruckt, wie ich es mir vorgestellt hatte. Sie meinten, es sei ein guter Anfang, aber es müsse noch eine Menge Action hinein. Wir diskutierten über verschiedene Fortsetzungen. Werden die Helden aus eigener Kraft zu diesem Turm kommen und die schmerzerzeugende Überschallorgel zerstören, oder brauchen sie irgendwelche Hilfe von außen?
Sollen sie versuchen, den Turm zu umzingeln? Soll ein einziger Mann sich opfern, um die Aufmerksamkeit abzulenken? Kann man diesen schmerzerregenden Tönen dadurch entgehen, daß man sich Wachs in die Ohren stopft?
Uffe hat einen Verband um die ganze Stirn. Er hat einen Eishockeypuck auf die eine Augenbraue gekriegt.
Sie hatten Brenngläser dabei, saßen lange auf einer Treppe und versuchten, Schnürsenkel damit anzuzünden. Aber die Frühlingssonne ist noch viel zu schwach.
Sie unterhalten und zerstreuen mich sehr, diese Bürschchen. Sie sind irgendwie so selbstverständlich.

(Das gelbe Buch III:31)

Gerade geschieht etwas, wovon ich kaum zu sprechen wage, aus Angst, das Sprechen selbst würde es wieder unwahr machen.
Die Schmerzen sind seit zwölf Tagen verschwunden. Ich fühle mich oft etwas matt, etwas schwindlig, aber das kann genausogut einfach die normale Frühjahrsmüdigkeit sein. Ich bin viermal zum Laden gefahren und habe eingekauft.
Dann war es vielleicht doch nichts so Schlimmes? Ein Nierenstein? Nierengrieß, der abgegangen ist? Die Symptome stimmen eigentlich ganz gut mit Nierenkoliken überein.
Übrigens werden sie zu den stärksten Schmerzen gerechnet, die es gibt. Stärker als die Schmerzen bei der Entbindung, steht in einer alten Nummer des *Scientific American.*
Ich habe mich entschlossen, noch eine Woche zu warten, bevor ich zu hoffen beginne.

(Das gelbe Buch III:32)

Als ich selbst noch klein oder in diesem Alter war: der seltsame, etwas muffige Schweißgeruch der Turnhalle ganz oben unter dem Dach, die Sprossenwände, das Gefühl, Dinge tun zu wollen, für die man nicht genug Kraft hatte, gleichzeitig Mann und Knabe zu sein. Und dieser gleichsam vegetative Halbschlaf während der Unterrichtsstunden damals in der Vorpubertät, wie man dasaß und eigentümliche Spiele mit seinen eigenen Fingern spielte, sie auf verschiedene Arten ineinanderzuflechten versuchte, als sitze man in seinem eigenen Gehirn und flechte darin herum: um seine Labyrinthe zu verstehen.
Ich habe lange geglaubt, dieser sonderbare, schläfrige Zustand habe etwas mit der Eintönigkeit der Schule zu tun, aber das stimmte wohl nicht.
Ich erlebe jetzt wieder dasselbe: Es ist, als sei die Vitalität gebremst, als bereite sie sich auf eine große Veränderung vor.
In meinem Fall ist das so, weil ich eine Krankheitskrise hinter mir habe.
Die eigentümliche, stille Wehmut des Knabenalters.
So werde ich dieses Alter wohl aufs neue durchleben müssen.

(Das gelbe Buch III:33)

4. ZWISCHENSPIEL

– – –
(dreiunddreißig Tage lang überhaupt keine Aufzeichnungen)

6. April. Die Schmerzen lassen nach. Nur eine Leere.

(Das beschädigte Notizbuch IX)

8. April. Den ganzen Tag über war das Gebell eines Hundes zu hören, der in dieser Gegend neu sein muß. Es kommt von Süden her, ungeheuer klagend und eintönig. Ob er vielleicht angekettet ist?
Mein Problem: Obwohl ich überhaupt keine Schmerzen mehr habe, quält mich jetzt dafür etwas anderes; ich beginne zu hoffen, und zugleich wage ich nicht zu hoffen, aus lauter Angst, es könnte jederzeit wiederkommen.
Ich denke sehr viel über eine Sache nach: Das Bezirkskrankenhaus hat seit diesem Brief, den ich verbrannt habe, kein Wort mehr von sich hören lassen. Wenn es wirklich Krebs gewesen wäre, hätten sie sich logischerweise wieder gemeldet, als sie nichts von mir hörten; es ist doch klar, daß sie ihre Patienten im Auge behalten. Also war es eine Bagatelle, irgendeine Entzündung. Eine Bauchfellentzündung?
Aber wenn sie mich nun einfach verschlampt haben?
Ich habe begonnen, den Briefkasten zu meiden.

(Das gelbe Buch IV:1)

9. April. Das Hoffen ist fast ebenso schwierig wie das andere. Aber man ist mehr daran gewöhnt, zu hoffen und zu fürchten, als sich mitten in dem zu befinden, was man erhofft oder gefürchtet hat.
Was ich gelernt habe: daß es keinen wirklichen Ausweg aus dem Leben gibt.
Man kann die Entscheidung nur hinausschieben, mit Geschick und List. Aber es führt kein Weg hinaus. Es ist ein total geschlossenes System, und am Ausgang ist nur der Tod. Und der ist natürlich überhaupt kein Ausgang.
Ich bin ein Körper. Nichts als ein Körper. Alles, was getan werden muß, was getan werden kann, muß innerhalb dieses Körpers geschehen.

(Das gelbe Buch IV:2)

Ich habe über das Paradies nachgedacht, ausgerechnet. Ich habe auch angefangen, die Haustür abzuschleifen, sie muß neu gestrichen werden, die Farbe ist in diesem Winter abgeblättert und hängt in Fetzen herunter. Überraschend fand ich in einem Küchenschrank drei Dosen mit Farbe, sie müssen seit Anfang der sechziger Jahre dort gestanden haben, seit ich verheiratet war.
Das Paradies wirft interessante Probleme auf. Was ist ein endlos anhaltender Glückszustand?
Man denkt natürlich an den Orgasmus. Ein Orgasmus, ein großer, glücklicher Orgasmus, der einen plötzlich damit überrascht, daß er nicht aufhört. Er hält Minute für Minute, Stunde für Stunde an. Er ist so intensiv, so weißglühend, daß man nicht denken kann, aber man spürt, daß sich etwas Ungeheuerliches ereignet, man beginnt, sich nach einer winzigen Atempause zu sehnen, nur für den Bruchteil einer Zehntel Sekunde, um nachdenken zu können, aber dieser ungeheure Genuß geht einfach weiter, er läßt nicht mit sich reden, er hält Stunde für Stunde an ...
Das Paradies? Das alles habe ich kürzlich erlebt.
Das Paradies muß darin bestehen, daß ein Schmerz aufhört. Aber das bedeutet doch, daß wir im Paradies leben, solange wir keine Schmerzen haben! Und wir merken es nicht!
Glückliche und Unglückliche leben in derselben Welt, und sie erkennen es nicht!
Ich habe das Gefühl, als sei ich in den vergangenen Monaten in einem phantastischen, geheimnisvollen Labyrinth um mein eigenes Leben herumgegangen und sei jetzt genau zu dem Punkt zurückgekehrt, an dem ich war, als es anfing. Nur haben sich bei mir, da ich mich außerhalb der normalen Dimensionen bewegte, rechts und links irgendwie vertauscht. Meine rechte Hand ist jetzt meine linke, meine linke Hand eine rechte.
Wieder in dieselbe Welt zurückgekehrt und sehe sie als eine glückliche.
Die Fetzen der abgeblätterten Farbe an der Tür gehören zu einem geheimnisvollen Kunstwerk.

(Das gelbe Buch IV:3)

Ich hätte die Zeit nur besser nutzen sollen, als sie als Volksschullehrer in Väster Våla zu verplempern und jetzt hier als freiwilliger Frührentner Bienen zu züchten.

Verzeichnis der Kunstarten nach ihrem Schwierigkeitsgrad

1. Erotik
2. Musik
3. Lyrik
4. Drama
5. Feuerwerkskunst
6. Philosophie
7. Surfing
8. Die Kunst des Romans
9. Glasmalerei
10. Tennis
11. Aquarellmalerei
12. Ölmalerei
13. Rhetorik
14. Die Kochkunst
15. Architektur
16. Squash
17. Gewichtheben
18. Politik
19. Hohes Trapez
20. Fallschirmspringen
21. Bergsteigen
22. Bildhauerei
23. Kunstradfahren
24. Jonglieren
25. Die Kunst des Aphorismus
26. Springbrunnen bauen
27. Die Fechtkunst
28. Die Artilleriekunst

Eine kann ich nicht einordnen: die Kunst, Schmerzen zu ertragen. Das hängt damit zusammen, daß bisher niemand eine Kunst daraus machen konnte. Wir haben es also mit dem einzigartigen Fall einer Kunstart zu tun, deren Schwierigkeitsgrad so hoch ist, daß es niemanden gibt, der sie ausübt.

(Das blaue Buch IV:1)

Auf dem Planeten Nummer 3 im System 13 des Aldebaran gibt es eine Zivilisation, die sich unmittelbar, ohne symbolische Verbindungsglieder, mit der Wirklichkeit befaßt.

Die Vorstellung, daß beispielsweise eine Figur auf einem Papier etwas anderes darstellen könnte als sich selbst, ist den außerordentlich kräftigen, vielgliedrigen Tausendfüßlern, die die höchste Zivilisationsstufe auf dem Planeten repräsentieren, völlig fremd.

Daß sie kräftig sind, ist ihr Glück. Da sie kein anderes Symbol für ein Ding kennen als das Ding selbst, müssen sie ziemlich viele Sachen mit sich herumschleppen. Auf diesem Planeten hat der Ausdruck »eine kraftvolle Rhetorik« wirklich einen Sinn.

Wenn man zum Beispiel sagen will: »Ein sonnenwarmer Stein«, gibt es nur eine Möglichkeit. Man legt der Person, mit der man redet, einen sonnenwarmen Stein in die Hand oder richtiger gesagt in die Klaue.

Wenn man sagen will: »Ein riesiger Stein auf der Spitze eines Berggipfels«, gibt es nur eine Möglichkeit, diesen Satz auszudrücken. Nämlich die, einen riesigen Stein auf einen Berggipfel zu schleppen.

Unter diesen Bedingungen wird die Schöpfung eines lyrischen Gedichts zu einer Kraftprobe, die noch für Generationen in all ihrer heroischen Deutlichkeit bestehen bleibt.

Die meisten Sonette, die diese Zivilisation geschaffen hat, sehen ungefähr aus wie Stonehenge: riesige, feierliche Reihen von Steinen, die die Helden der Vorzeit stöhnend und ächzend mit geschwollenen Adern nach einem uralten Schema an ihren Platz gebracht haben.

In dieser Zivilisation sind Lügen selbstverständlich etwas ganz Unmögliches. Wenn man sagen will: »Ich liebe dich«, gibt es nur eine Möglichkeit, nämlich daß man es tut. Wenn man sagen will: »Ich liebe dich nicht«, gibt es ebenfalls nur eine Möglichkeit, und die besteht darin, daß man vermeidet, es zu tun. Wenn man das kann.

In einer Welt, in der das Symbol sich stets mit dem Ding deckt und in der dieses daher niemals durch lächerliche kleine Laute oder durch eine Reihe von komischen kleinen Zeichen auf einem Papier ersetzt werden kann, Zeichen, die genaugenommen nichts mit anderen Dingen zu tun haben, außer in unseren brüchigen, zufälligen gesellschaftlichen Konventionen, werden natürlich Wahrheit und Sinn, Lüge und Unsinn zusammenfallen.

Der einzige Ersatz für eine Lüge besteht in einer solchen Welt natürlich darin, so verworren, so unsinnig zu reden, daß man sich nicht verständlich machen kann.

Normale Konversation, Geplauder, spielen sich auf diesem Planeten so ab, daß die Einwohner aus mitgebrachten Lederbeuteln eine Menge von winzigen Gegenständen hervorholen: Glaskugeln, verschiedenfarbige Steinchen, schön polierte Holzstäbe, und sie munter miteinander tauschen.

Der Preis der Wahrheit ist hoch. Von allen wirklich hochentwickelten Zivilisationen im Bereich der alten Zentralsonnen im Mittelpunkt der Milchstraße gibt es keine, die so isoliert lebt wie diese.

An Astronomie ist natürlich nicht zu denken. Man redet nicht von Galaxien, wenn man sie bewegen muß, um sie zu benennen. Schon der Begriff »Planet« ist natürlich ganz unvorstellbar.

Diese Wesen leben in einer rötlichen Ebene, die von hohen Bergen gesäumt ist.

Für die Ebene selbst, die theoretisch dasselbe ist wie »die Welt«, haben sie selbstverständlich keinen Begriff.

(Das blaue Buch IV:4)

Als die Schmerzen vor vierzehn Tagen aufhörten, war das für mich die Rückkehr in eine Art ursprüngliches Paradies. Aber die Voraussetzung dafür war der Schmerz. Es war eine Form der Wahrheit.
Also das Gegenteil von Onkel Sunes »alles nur die gleiche Scheiße«.
Jetzt könnte man wieder so etwas wie Werte aufbauen.

(Das blaue Buch IV:8)

Alles ging gut. Die Verwandten kamen am Dienstag, hatten mehr Kinder dabei als ich befürchtet hatte, belegten das ganze Haus, jedes Fleckchen, mit Schlafsäcken, Decken und provisorischem Kram.
Sie meinten, ich sähe ein wenig blaß aus, die Frauen fanden das Haus ein bißchen verkommen, zu viele Kaffeetassen mit diesem unmöglichen Bodensatz. Es ging trotzdem gut.
Niemandem fiel etwas Ungewöhnliches auf.
Sie blieben einen Tag kürzer als ich befürchtet hatte. Möglicherweise hatte ich eine kindische Angst davor, daß die Schmerzen wieder beginnen würden, nur weil sie da waren.
Es geschah nichts anderes, als daß ich ein wenig müde wurde.
Ich merke, daß ich es nicht mehr mag, in meinen Gewohnheiten gestört zu werden. Am Mittwoch kamen beispielsweise die beiden kleinen Buben vorbei, erschraken über den ganzen Trubel im Häuschen. Ich sah sie scheu hinter dem Zaun verschwinden.
Und ich habe es nicht einmal geschafft, ein neues Kapitel für ihre Horrorgeschichte zu schreiben.
Ich hatte mir natürlich vorgestellt, daß diese schreckliche Orgel, die durch Ultraschall Schmerzen erzeugt, im nächsten Kapitel in die Luft gesprengt werden sollte; es würde sich zeigen, daß diese Flöte sehr bemerkenswerte Eigenschaften hatte. Sie würde imstande sein, den ganzen Spuk wegzuspielen.
Jetzt muß ich es für eine Weile ruhen lassen. Hoffentlich kommen sie wieder. Sie sind ja sozusagen das einzige literarische Publikum, das ich habe.
Ich spürte immerzu eine Art Neugier auf die Reaktionen der Manngårdhs, wagte aber nicht so viele Fragen zu stellen, wie ich eigentlich gewollt hätte.
Betrachten sie mich als einen ganz normalen Verwandten, bei dem man übernachtet, statt Geld für ein teures Hotel auf dem Weg nach Sälen rauszuschmeißen, oder halten sie es für ihre Pflicht, *bei mir vorbeizuschauen*? Mir wurde klar, daß es schon sehr lange her ist, seit ich mich wirklich darum geschert habe, *was die Umwelt von mir denkt.*
Ich habe wirklich nichts Asoziales daran entdecken können, außer daß ich den üblichen Lebensstandard nicht mehr bean-

spruche. Ich lebe ohne jegliches Einkommen, was sehr leicht ist, da ich auch keine Ausgaben habe.
Jan und ich redeten über alte Bekannte. Wir kamen auf Troäng zu sprechen. Er kannte ihn ja, da er bei der Provinzialregierung in Västerås mit ähnlichen Dingen befaßt war. Dieser ganze Skandal mit den Leukämiefällen im nördlichen Västmanland und mit dieser Sonderkommission für Umweltschutz.
Weder Manngårdh noch ich hatten die geringste Ahnung, was er zur Zeit treibt. Vor einem Jahr gab es irgendein Gerücht, er habe sich der Bruderschaft vom Heiligen Kreuz in Barkarö angeschlossen, aber das ist natürlich ein Gerücht, das in einer Situation wie seiner einfach aufkommen muß. Es fällt mir schwer, ihn mir als einen strengen, asketischen Ordensbruder vorzustellen. Im Gegensatz zu mir, der ich tatsächlich immer schon ein recht asketischer Typ gewesen bin, war er ziemlich sinnlich veranlagt.
Das zeigte sich während der Schulzeit beispielsweise an seiner Beziehung zu Mädchen.
Worüber Manngårdh und ich diskutierten, war eigentlich viel interessanter. Wir redeten darüber, wie dieser Typ des Bürokraten – natürlich nur, wenn er sensibel genug ist – früher oder später kaputtgeht, weil er ganz einfach zu viel von den inneren Widersprüchen der Gesellschaft absorbiert, *in sich aufnimmt.*
Das braucht nicht immer so drastische Formen anzunehmen wie bei Troäng, der den ganzen Konflikt förmlich auskotzte, als er am Ende der Affäre zusammen mit dem Ministerpräsidenten für die Fernsehnachrichten interviewt wurde.
Man kann es manchmal als Unruhe in ihren Augen sehen. Es bricht als Magengeschwür durch oder äußert sich in einer plötzlichen Erschöpfung, in einer Scheidung, aber es bricht durch. Man kann nicht mit allzu starken inneren Spannungen leben, und diese Leute nehmen ja den gesamten Konflikt der Gesellschaft in sich auf, da sie gleichzeitig auf beiden Sprachebenen zu leben versuchen.
Nachdem sie abgefahren waren, wurde mir klar, wie interessant es ist, daß gerade Manngårdh diese Sache angesprochen hat. Er ist ja tatsächlich bei der Arbeitsmarktbehörde angestellt. Hoffentlich haben sie es in Sälen gut getroffen.
Troäng: Mir würde so etwas nie passieren können, da ich seit

dem Erwachsenenalter stets ein so deutliches Gefühl gehabt habe, *außerhalb zu stehen*, im Grunde asozial zu sein, obwohl ich meine Steuern bezahlt habe. Seit dem Streit um die Rentenversicherung habe ich an keiner Wahl mehr teilgenommen.
Sogar meine Art, auf die Krankheit zu reagieren, ist natürlich asozial.

(Das gelbe Buch IV:12)

M. hatte eine lustige Eigenschaft: Sie log gern in Kleinigkeiten. Nie irgendein großer Betrug; ich war imstande, sie jahrelang in wesentlichen Punkten hinters Licht zu führen, wenn ich wirklich wollte. Sie log nur im Kleinen.
Sie konnte sagen, sie sei zum Einkaufen in Gamleby gewesen, während sie tatsächlich in Fagersta eingekauft hatte. Sie konnte sagen, sie habe einen einsamen Abend mit Weben verbracht, während es ganz offensichtlich war, daß sie ihn damit verbracht hatte, die Erdbeerbeete zu jäten.
Ich habe sehr viel darüber nachgedacht, bis ich auf die Lösung kam, die wirklich sehr einfach war:
Mit diesen kleinen Lügen schaffte sie sich einen Spielraum von Freiheit.
Obwohl es keine praktische Bedeutung hatte, machte es mich natürlich unsicher, nicht zu wissen, in welchem Laden sie nun gewesen war, und das gab ihr ein klein wenig Kontrolle über mich. So entstand ein Bereich, in dem sie uneingeschränkt entscheiden konnte.
Das ist natürlich auf keinen Fall ein Zeichen dafür, daß sie schlechten Charakter hätte, sondern es zeigt nur, daß ich sie – ohne es zu wissen – in einem schrecklichen Abstand gehalten haben muß.
Woran liegt es, daß ich nichts mit den Menschen zu tun haben will?
Daran, daß ich ihnen keinerlei *Kontrolle* über mich geben will. Aber das haben sie ja trotzdem! Finanzamt, Einwohnermeldeamt, gewiß.
Aber noch viel mehr die Leidenschaften, die in meinem eigenen Körper eingeschlossen sind, denn da beginnen schon *die anderen.*
Beispielsweise die erotische Unruhe (die jetzt allmählich wiederkehrt, da die Schmerzen im Bauch nachlassen), dieser dumpfe, unbestimmte Hunger, dieses Gefühl, uns fehle etwas, das uns ob wach oder schlafend fast in jedem Augenblick unseres Lebens verfolgt.
Was ist es? Die Möglichkeit der Liebe in unserem Körper. Die Gegenwart, die mögliche Gegenwart eines anderen Menschen.
Die erniedrigende, ständige Erinnerung daran, daß Einsamkeit nicht möglich ist, daß es so etwas wie einen einsamen Menschen nicht geben kann.

Daß das Wort »ich« das sinnloseste Wort der Sprache ist. Der tote Punkt in der Sprache.
(So wie ein Mittelpunkt stets leer sein muß.)

(Das gelbe Buch IV:14)

Ich habe mich entschlossen, M. nicht anzurufen. Ich habe also über zwei Monate gebraucht, um zu diesem Entschluß zu kommen! Ich beginne wirklich ein bißchen *langsam* zu werden.

(Das gelbe Buch IV:21)

Ich bin der Meinung, daß die Seele kugelförmig ist (falls sie überhaupt eine Form hat), eine Kugel, in der ein schwaches Licht ein Stück weit unter die regenbogenschimmernde Oberfläche dringt, wo Empfindungen und Regungen des Bewußtseins wie Seifenblasen umherwirbeln und ständig ihre Farbe ändern, aber nur ein kleines Stück weit.
Tiefer im Inneren gibt es nur noch schwache Lichtspuren, ungefähr wie in sehr großen Meerestiefen, und dann Dunkelheit. Dunkelheit, Dunkelheit.
Aber kein bedrohliches Dunkel. Eine mütterliche Dunkelheit.

(Das blaue Buch IV:9)

In letzter Zeit habe ich oft einen eigentümlichen Traum gehabt. Er handelt von einem der Bienenstöcke. Ich hebe den Deckel ab und beginne die Rahmen abzubürsten, um den Stock auszunehmen. Als ich gerade eine Biene von der Rahmenkante streifen will, entdecke ich, daß sie irgendwie merkwürdig aussieht, gleichsam bläulich schimmernd. Zuerst kapiere ich überhaupt nicht, was los ist, dann schaue ich genauer hin und merke, daß keine einzige von den Bienen eine Biene ist.
Es handelt sich um eine ganz andere Art, um irgendwelche sehr intelligente, technisch ungeheuer weit fortgeschrittene Wesen aus dem äußersten Weltraum, aus einer fernen Galaxis. Sie haben den Bienenstock ganz einfach in Besitz genommen – weiß der Teufel, was mit den normalen Bienen passiert ist, aber auch diese Wesen scheinen es gewohnt zu sein, in wachsartigen Zellen zu leben.
Sie unterhalten sich ohne die geringsten Schwierigkeiten mit mir, und ich begreife nicht recht, wie das möglich ist. Sie stammen aus einer Zivilisation von klugen Insekten. Ihr gesamter Planet ist von einer explodierenden Supernova zerstört worden, sie haben keine Raumschiffe, sondern fliegen mit Lichtgeschwindigkeit mit ihren eigenen Körpern, wenn sie wollen. In der Erdatmosphäre können sie das aber nicht tun, es würde zu einer zu großen Erhitzung führen.
Ihre glänzenden Panzer leuchten wie Ritterrüstungen. Was sagen sie?

WIR FANGEN NOCH EINMAL AN, WIR GEBEN NICHT AUF.

(Das blaue Buch IV:10)

5. ALS GOTT ERWACHTE

Ungefähr so, wie eine kleine Spinne zuweilen in einer Ecke des Netzes schläft, das sie sich gebaut hat, schlief Gott zwanzig Millionen Jahre lang in einem fernen Winkel des Universums.

Diese Region war sehr arm an Galaxien. Nichts störte ihren Schlaf. Sie schwebte dort wie eine riesige Schirmqualle, dreizehn Parsek im Querschnitt, wunderbar anzusehen mit ihren ständig wechselnden rosa, grünen und tiefblauen Farbtönen, die unter der durchsichtigen Oberfläche des Schirms schillerten.

Dem gesamten bodenlosen All, das sich Lichtjahre weit in allen Richtungen um sie her ausbreitete, verlieh sie eine Art Frische. Ohne daß sie greifbar gewesen wäre, hätte ein Reisender ihre Nähe doch spüren können, ungefähr so wie man es spürt, wenn man sich an einem sonnigen Sommertag vom Landesinneren her der Küste nähert oder unbekümmert durch einen frischen Frühlingsregen geht und sich das Wasser übers Gesicht laufen läßt. Sie verlieh dem leeren Raum ein eigentümliches Gefühl von Frische, von jungem Grün, ja von Verliebtheit.

Aber während dieser zwanzig Millionen Jahre kam kein Reisender in diese fernen Gegenden, die nicht nur weit unter unserem optischen Horizont, sondern auch weit unter dem Radiohorizont liegen.

Für dieses wunderbare und einzigartige Wesen, das älter als das Universum und gegenüber Raum und Zeit eigentlich fremd war, das zugleich älter und jünger als alles Erschaffene, größer als der gesamte Weltraum und kleiner als das kleinste Elementarteilchen war, bedeuteten zwanzig Millionen Jahre Schlaf weniger als Schlaf. Ein Augenblick der Abwesenheit, so wie wenn ein Autofahrer für einen Moment den Blick von der Straße nimmt, um etwas zu überdenken.

Als das höchste Wesen seine Aufmerksamkeit wieder auf die Welt richtete, waren alle Wahrnehmungen noch die gleichen. Das tiefe, pulsierende Rauschen einiger periodischer Radioquellen in der nächsten Galaxis bildete den Hintergrund für eine unendliche Menge von feineren Empfindungen. Die leichten Energieveränderungen der Sonnen kamen und gingen wie der Wind im Laub eines Espenwäldchens, und wie der dumpfe Aufprall der Wellen an einem nächtlichen Kai

ertönten aus fernen Regionen die Gravitationskollapse zusammenstürzender Supernovae.
Und als höchste aller Frequenzen, etwa wie Tausende von Grillen und Heuschrecken auf einer Wiese, die Gedanken aus all den bewohnten Welten.
Unter all diesen Geräuschen gab es einen Ton, einen sehr fernen, sehr schwachen, den sie zuerst überhaupt nicht wahrnahm. Aber bei all seiner Schwäche und Winzigkeit war dieser Ton so durchdringend, daß er ihre Aufmerksamkeit erregte, als sie ihn erst einmal bemerkt hatte. Noch einen Augenblick zuvor war er nicht dagewesen. Er war so klagend, daß er einen Schauer von etwas, das mit menschlichen Begriffen als mütterliche Besorgnis bezeichnet werden könnte, durch den ungeheuren Körper jagte.
Gott hatte die Gebete der Menschen wahrgenommen.

Es dauerte drei Tage, bis die Menschheit merkte, was im Gange war.
Der erste, der die Veränderung bemerkte, war ein fünfzehnjähriger Guerillasoldat in einem Dschungelgebiet gleich südlich von Tansania. Er und seine ausgemergelte, halb verdurstete Truppe, mit langen, eitrigen Narben an den Beinen, waren gerade von einem Hubschrauber ausfindig gemacht worden, als sie sich im Schatten einer einsamen Baumgruppe inmitten einer Steppe zu verbergen suchten, die ein unbarmherziges Mittagslicht überflutete.
Der Junge lag zitternd neben einer Munitionskiste und sah den Hubschrauber näherkommen. Das Mündungsfeuer der Maschinengewehre war schon deutlich sichtbar. In einem Augenblick würde er sterben. Er war in einer christlichen Missionsstation erzogen worden. Als er nun den Hubschrauber ankommen sah und hörte, wie das dumpfe, knatternde Geräusch der Flügelblätter von dem härteren Knattern der Schnellfeuerwaffen übertönt wurde, ließ er sich einen Gedanken entschlüpfen:
Gott, vernichte sie!

Der weiße Blitz, der den Hubschrauber und seine Besatzung in eine Menge von stark ionisierenden Teilchen verwandelte, die in einer Wolke mit dem Wind davontrieben, war bis zum Horizont zu sehen.

Der zweite Hubschrauber, der sich schon im Anflug befand, stürzte wenige Kilometer weiter weg mit einem Krachen ab. Die durchgerüttelte Besatzung tappte noch ganz geblendet von dem ungeheuren Lichtschein hilflos umher.

Gott, laß dies endlich ein Ende haben, betete ein Krebspatient in einem Krankenhaus. Die Wirkung des Morphiums flaute gerade ab, und die weißglühenden, pulsierenden Schmerzen im rechten unteren Teil seines Magens, gleich über der Leiste, kehrten mit jedem Pulsschlag stärker werdend allmählich zurück.
In diesem Augenblick hörte der Schmerz auf und wurde von etwas abgelöst, das sich wie eine ohrenbetäubende Stille ausnahm. In der Magengegend spürte er nur ein leichtes Ziehen, als sei etwas Hartes entfernt worden, das ihn dort gedrückt hatte. Er konnte wieder normal atmen. Fünf Minuten später versuchte er unendlich vorsichtig, sein Bein anzuziehen.
Nach weiteren fünf Minuten drückte er wie wild auf die Alarmklingel. Als die Nachtschwester sehr verspätet zur Tür hereinkam, stand er mit einem scheuen Lächeln mitten auf dem Fußboden.

Schenke uns, o Gott, einen dauerhaften Frieden, beendete der Erzbischof von Åbo seine Morgenandacht im Radio. Er sagte es in tiefem Ernst und meinte wirklich jedes Wort, das er sprach.
Hätte er dieses Gebet eine Zehntel Sekunde früher gesprochen, dann wäre er ein gewöhnlicher Bischof geblieben, wenn auch ein Erzbischof.
Da er es aber gerade in diesem besonderen Augenblick sprach, wurde er zu einer Gestalt von weltgeschichtlicher Bedeutung, ja tatsächlich zur größten weltgeschichtlichen Gestalt.
Drei Zehntel Sekunden nachdem der Erzbischof von Åbo die letzte Silbe des Wortes »Frieden« ausgesprochen hatte, entdeckte das Kontrollpersonal in einem der riesigen unterirdischen Raketenbunker, die eine Kette in der Äußern Mongolei bilden, daß all die kunstvollen Instrumente, die den Zustand einer Rakete mit multiplem Gefechtskopf überwachen – sie kann gleichzeitig sechs Wasserstoffbomben über sechs verschiedenen Städten niedergehen lassen – auf Null zeigten.

Das führte zu Verzweiflung, Alarm, Notmaßnahmen. Nach sechs Stunden harter Arbeit konnte ein Spezialistenteam nur noch feststellen, daß nichts mehr zu retten war. Die achtzig Meter lange Rakete in ihrem tiefen Silo bestand von der Spitze bis zum Sockel aus ungeheuer schwerem, wunderbar glänzendem 24karätigem Gold. Weichem, biegsamem, solidem Gold.

Es dauerte noch einen weiteren Tag, bis die Welt entdeckte, daß dasselbe für das gesamte spaltbare Material auf der Erde galt, und nicht nur für das spaltbare. Jede Waffe, jedes Projektil, bis hin zu den Schwertern der Eisenzeit in den Museen hatte sich im selben Augenblick in Gold verwandelt.

Am nächsten Tag um achtzehn Uhr wurden drei durch Psychopharmaka stark gedämpfte Mitglieder des nationalen Sicherheitsrats der Vereinigten Staaten in eine psychiatrische Klinik überführt. Die übrigen Mitglieder beobachteten ihre Abfahrt an einem Fenster in einem der oberen Stockwerke des Pentagon. Sie hatten den leeren Blick von Menschen, die nichts mehr sehen und hören wollen.

Die erste der ungeheuren Börsenkrisen, die innerhalb von zwei Tagen zuerst zur Abschaffung des Geldverkehrs und dann zur Abschaffung des gesamten Finanzwesens, jeder finanziellen Verpflichtung, führen sollten, erschütterte bereits seit zehn Stunden die Börsen der Welt.

Der Sturz des Goldpreises war zunächst enorm. Gegen Mittag war er auf den Tonnenpreis der Kohle im Jahre 1934 gesunken.

Die chaotische Flucht zum US $, die zugleich einsetzte, hatte gegen ein Uhr den Dollarkurs auf zwölftausenddreihundertvierzig Unzen Gold hochgetrieben. In der nächsten halben Stunde begann infolge eines unbestätigten Gerüchts ein panisches Rennen auf die norwegische Krone, wobei diese innerhalb von fünfundzwanzig Minuten den zehntausendfachen Wert des Vortags erreichte.

Der Chef der norwegischen Reichsbank gab um zwei Uhr in einer Sondersendung der Tagesschau in düsteren Worten die Nachricht vom nationalen Bankrott bekannt.

Die Fernsehsendung fand nur äußerst wenige Zuschauer. Die Bürger von Norwegen waren zu diesem Zeitpunkt nämlich mit privaten Entdeckungen einer solchen Größenordnung beschäftigt, daß ein nationaler Bankrott sie völlig kalt ließ.

Seit Jahrtausenden waren die Gebete mancher Menschen sehr genau, sehr präzise gewesen, die anderer dagegen so vage und verschwommen, daß sie sich fast nur in ihren Träumen artikulierten.

Im nördlichen Västmanland, zwischen Ängelsberg und Ombenning, saß ein pensionierter alter Sägewerksarbeiter in seinem Häuschen und blätterte zerstreut in der *Vestmanlands Läns Tidningen* vom Vortag. Er war auf der Schwelle zum Halbschlaf. Seine Augen blinzelten schon ins Licht, die Fliegen summten durchs Zimmer.

Ein diskretes Klopfen an der Tür ließ ihn zusammenzucken. Als er daraufhin die Augen öffnete, ein gedämpftes »Herein!« rief und dann sechs tadellos befrackte Kellner riesige Körbe mit frischgekochten Krebsen in Dill, Kümmelkäse groß wie Traktorenräder und kistenweise eisgekühlten Branntwein hereinschleppen sah, nahm er das seelenruhig hin und folgerte, er sei tatsächlich eingeschlafen.

Die erste Zimbel und der Ton der kleinen Flöte ließen ihn wieder zusammenzucken. Die Kellner waren verschwunden.

Angetan mit einem blauschimmernden, durchsichtigen Gewand eröffnete die erste der fünf Tänzerinnen den Reigen. Ihr wunderbar beweglicher Nabel kreiste unter einem schweren Schmuck, der zwischen ihren festen kleinen Brüsten hing. Sie lächelte ein unendlich einladendes Lächeln.

Mit festen Schritten ging der Sägewerksarbeiter zur Tür und schloß sie ab. Auf dem Rückweg merkte er, daß der Rheumatismus in seinem linken Knie spurlos verschwunden war.

Zu diesem Zeitpunkt machten Milliarden von Menschen auf der ganzen Welt die gleiche Entdeckung. Der Gott, der ihre Gebete so überraschend zu erhören begonnen hatte, schien keinerlei moralische Hemmungen, keine Spur von Anstand zu besitzen. Die Macht, die imstande war, auf einen Schlag die mit Kernwaffen beladenen Riesengeschosse in Türme aus solidem Gold zu verwandeln, zeigte sich bald ebenso gewillt, die verrunzelte Gattin eines ältlichen Oberstleutnants in einen schönen blonden Jüngling zu verwandeln oder das Tagesheim der Sozialfürsorge in der Appelbergsgatan in Stockholm mit einem Orkan von Strauß-Walzern und knallenden Sektkorken zu überfluten.

Die ganze Welt wimmelte von einer offenbar unermeßlichen Schar flinker Diener, die plötzlich Gestalt annahmen, um jeden Menschen mit allem zu versehen, was er sich insgeheim wünschte. Das Gedränge, das Tanzen, das öffentliche Kopulieren auf den Straßen Europas war an jenem zweiten Tag unbeschreiblich. Sporadische, vage Rundfunkberichte aus den benachbarten Kontinenten ließen erkennen, daß dort ähnliche Verhältnisse ausgebrochen waren.
Faszinierend war es, den Zusammenbruch der Kirche oder vielmehr der Kirchen zu verfolgen. In der Mitte des dritten Tages, ungefähr zur gleichen Zeit, als Seine Majestät der König mitteilte, sämtliche Parteien hätten es abgelehnt, sich die Last der Regierung aufzubürden, als Moskau und Washington meldeten, alle offiziellen Handlungen seien eingestellt worden, und die Kommunistische Partei Chinas den planmäßigen Anbruch der utopischen Phase verkündete, traf der seit mehreren Tagen erwartete Hirtenbrief der Bischofskonferenz ein.
Es war ein Meisterstück vorsichtiger Formulierungskunst. Er begann mit der Feststellung, Gottes Wege und die Tiefe der Natur seien unerforschlich, und niemand könne dem Allmächtigen vorschreiben, welcher Mittel er sich bedienen solle. Weiter wurde angedeutet, es gäbe auch eine dämonische Macht in der Welt, und ein wahrer Christ müsse stets mit seinem eigenen Gewissen ausmachen, welche Gebete mit dem Willen Gottes in Einklang stünden.
Selbst wenn dieser Anbruch einer neuen Ära in der Geschichte ein Beweis für die Güte und Allmacht Gottes sei, dürfe die Bischofskonferenz es nicht versäumen, auf die neuen Versuchungen hinzuweisen, die dieser veränderte und gewiß nicht in alle Ewigkeit anhaltende Zustand der Dinge notwendigerweise für jeden guten Christen mit sich bringen müsse. In dieser von großen Umwälzungen geprägten Zeit sähe die Bischofskonferenz sich genötigt, die Gläubigen zu äußerster Enthaltsamkeit in ihren Gebeten zu ermahnen.
Diese Worte waren in den Wind gesprochen.
Die Menschheit hatte zum erstenmal in ihrer Geschichte eine ganz neue Art von Großzügigkeit kennengelernt, das grenzenlose Wohlwollen, die indolente, ja völlig nihilistische Liebe zu allem Erschaffenen, die nur das Wesen aufbringen kann, das es erschaffen hat.

Man kann es auch anders ausdrücken:
Die Menschheit, jahrtausendelang von der sonderbaren und unglücklichen Wahnvorstellung gequält, eine fordernde und nahezu bösartige Vaterfigur über sich zu haben, hatte innerhalb von wenigen Tagen ihren Irrtum erkannt.
Statt dessen gab es eine Mutter.
Während das Dasein sich mit jedem Augenblick immer schneller von jeder sprachlichen Beschreibung entfernte und sich auf ein Reich zubewegte, für das es keine Worte gab, begann DAS STERBEN DER SPRACHE.
Eines der letzten Sprachfragmente enthielt die Botschaft:
WENN GOTT LEBT, IST ALLES ERLAUBT

(Das blaue Buch V:1)

6. MEMOIREN AUS DEM PARADIES

Birkenwald. Sumpfland. Die allerbesten Anzeichen dafür, daß die Bäume sich belauben werden. Wie schrecklich schnell der Winter vergangen ist! Ich bin gar nicht so sicher, ob ich den Fühling überhaupt schon will. Ich bin noch nicht bereit dafür. Die Einsamkeit wächst in mir wie Kompost. Die seltsamsten Pflanzen sprießen daraus hervor. Zweifel.
Und jeden Morgen die gleiche Angst, daß diese Schmerzen wiederkommen werden. Den ganzen Winter über habe ich Schmerzen gehabt. Jetzt leide ich genausosehr unter der Angst vor dem Schmerz. Ich beobachte mich selbst genau: Ob ich schwächer geworden bin, ob das Laufen mich mehr anstrengt, ob der Gang zum Kaufmann mich mehr ermüdet als zuvor. Ich lasse den Wagen stehen, weniger um Benzin zu sparen, als um mich selbst auf die Probe zu stellen. Das bedeutet, daß ich einen ganzen Vormittag verliere, aber ich weiß nicht so genau, was ich sonst mit dieser Zeit angefangen hätte.
Der Mensch, diese sonderbare Kreatur, zwischen animalischem Dasein und Hoffnung schwebend.

Ich weiß tatsächlich nicht mehr über den Sinn des Universums, nicht mehr darüber, was all das bezweckt: die Moleküle, die Molekularketten, das Bewußtsein, Sonette und Sestinen, die unterirdischen, mit Atomwaffen beladenen Raketen, die Fresken des Michelangelo, das Binominaltheorem und Monteverdis Madrigale, über den Zweck all dessen weiß ich nicht mehr, als jeder bemooste alte Stein hinter den Bienenstöcken im Garten weiß. Als eine Mücke weiß. Als eine Amöbe in einer stagnierenden Pfütze weiß.
Die Geschichte der Menschheit ist noch nicht weit fortgeschritten. Tatsächlich ist sie noch in ihren Anfängen.

Die Angst davor, verrückt zu werden, ist im Grunde die Angst davor, ein anderer zu werden:
aber das werden wir doch immerzu.

Was mich nicht umbringt, macht mich stärker.
(Nietzsche)

Sumpfland. Birken. Huflattich blüht am Grabenrand. Die meisten der Bienenstöcke sind wieder zum Leben erwacht.

Mein Freund Nicke zum Beispiel, der von einem Lastwagen überfahren wurde, als er an einem Septembertag 1952 in der Frühstückspause nach Hause radeln wollte. Ich denke oft an ihn, wenn ich etwas Ungewöhnliches sehe, etwas, das mich wirklich interessiert. Dann frage ich mich, was Nicke dazu gesagt hätte. »Jetzt sehe ich das an deiner Stelle, Nicke.« Es ist ein ungeheuer starkes Erlebnis. Man *ist* irgendwie identisch mit den Menschen, die man gekannt hat.

Die fünfziger Jahre. Was fällt mir dazu ein? Kleine blaue Straßenbahnen fuhren durch Stockholm. Herbert Tingsten redete im Fernsehen. Die Volksabstimmung über die Zusatzrente, mit der ich mich nie besonders beschäftigt habe. Die Volksabstimmung über Links- oder Rechtsverkehr, bei der sich herausstellte, daß alle Leute den Linksverkehr behalten wollten.

Wie waren die Mädchen in den fünfziger Jahren angezogen? Trugen sie nicht Baumwollkleider, die weit über die Waden reichten, und breite Gürtel dazu? Redeten sie nicht irgendwie anders? Ich erinnere mich nicht mehr genau.

Als kleine Buben, ja sogar noch als Gymnasiasten, saßen wir im Sommer oft an der Schleuse von Färmansbo und angelten. Der träge, zähe, nein, nicht zähe, sondern melancholische Kolbäcksfluß bildet dort einen kleinen Wasserfall. An dieser Stelle gibt es ein Inselchen mit den Überbleibseln eines alten Hüttenwerks. Früher wuchsen dort massenhaft Morcheln.

Am südlichen Ende der Insel liegt die Schleuse von Färmansbo. Zu ihr führt ein Pfad, der von so hohen Bäumen beschattet ist, daß sich alles in einen grünen Tunnel verwandelt. Uralte Algen bewegen sich an der steinernen Einfassung des Kanals.

An der Schleuse selbst ist das Wasser tief, kohlschwarz – der Kolbäcksfluß trägt nicht von ungefähr diesen Namen –, und bei Hochwasser bildet es schwarze Strudel, von denen wir als Buben immer fasziniert waren.

Schon im Mai verbrachten wir ganze Nachmittage dort, zu dieser Zeit waren die Hechte sehr aktiv. Einige von uns wohnten in Sommerhäuschen, die ihre Eltern in dieser Gegend hatten, andere waren die Kinder der eigentlichen Einwohner.

Hin und wieder kam es natürlich vor, daß wir einen Fisch an die Angel bekamen, dramtische Episoden mit Riesenhech-

ten, die den goldglänzenden Blinker abrissen und mit dem ganzen Ding im Maul verschwanden, große Hechte, die sich noch im Gras wie Schlangen wanden, und manchmal fiel auch einer von uns in das schwarze, stets kalte Wasser, wenn er auf einem nassen Stein ausgerutscht war.
Aber ich glaube nicht, daß das Angeln die wichtigste Sache an dieser Schleuse war.
Das schwarze, dahinfließende Wasser war mit der schwarzen Dunkelheit in unseren eigenen Pupillen verwandt.
Wir saßen dort, sahen darauf hinunter und beredeten sonderbare Dinge miteinander.
Die Fahrräder lagen in einem Haufen hinter irgendeinem Gebüsch, es war immer schwierig, am Schleusenwärterhaus vorbeizukommen, denn der Schleusenwärter, ein älterer Mann, hatte nicht viel Verständnis dafür, daß eine Schar von kleinen Buben zur unteren Schleuse lief. Er befürchtete immer, daß sie an den Schleusenluken herumfummeln und den Wasserstand verändern würden, was für ihn nicht besonders angenehm war, da es einen Fußmarsch von einem halben Kilometer bedeutete, wenn eine der Schleusenluken offenstand, die eigentlich geschlossen sein sollte.
(Übrigens spielten die Fahrräder damals eine enorme Rolle für uns; sie waren so etwas wie Haustiere.)
Nicke war ein sehr lustiger Junge. Er hatte etwas von einem Eichhörnchen. Er war stets hellwach. Ich hatte den Eindruck, daß er einfach mehr sah als die anderen. Daß er besser hörte als die anderen. Er war es auch, der entdeckte, daß man bei Sonnenuntergang die Ottern an der Uferböschung hören konnte. Ein ungeheuer schwacher Laut, den niemand von uns bemerkt hatte, obwohl er immer schon dagewesen war.
Ein kleiner magerer, braungebrannter, ungeheuer drahtiger Junge, der die höchsten Kiefern erkletterte, indem er einfach die Knie gegen die Rinde stemmte und sich hinaufhangelte. Ich glaube nicht, daß er wußte, was Schwindelgefühl heißt. Einmal verschluckte er einen lebendigen kleinen Weißfisch, nur um zu beweisen, daß man das machen konnte.
Er legte großen Wert darauf zu beweisen, daß es Dinge gab, die man machen konnte, obwohl niemand es für möglich gehalten hätte. Hätte er im fünfzehnten Jahrhundert gelebt und wäre nicht von einem Lastwagen überfahren worden,

dann hätte er bestimmt mit der Zeit einen neuen Kontinent entdeckt.
Er war das, was ich als einen gewitterfühligen Menschen bezeichne. Er wußte schon Stunden im voraus, wenn noch kein einziges Wölkchen am Himmel zu sehen war, daß ein Gewitter im Anzug war. Gewitter machten ihn nicht unruhig, nicht müde wie andere Leute. Ich habe das Gefühl, daß sie ihn ganz einfach aufpulverten, ihn fast in Ekstase versetzten.
Wenn der Hagel auf das Schleusenbecken hinunterpeitschte, bis die Strudel des schwarzen Wassers in einer Schaumwolke verschwanden, unsere Angelruten und die Dosen mit den Würmern verlassen dalagen und wir selbst atemlos in einer verlassenen Schmiede zwischen altem Schrott, Kreuzottern und Brennesseln kauerten, konnte man ihn draußen im Sturzregen wie einen kleinen Derwisch herumtanzen sehen, oft halbnackt, da er von seiner Mutter Prügel kriegte, wenn er mit nassen Sachen nach Hause kam.
Ich kann ihn noch vor mir sehen, wenn ich die Augen schließe, einen wilden kleinen Dersich, im Hagelschauer ekstatisch auf den grob behauenen, vom Regen glänzenden Steinen aus dem achtzehnten Jahrhundert herumtanzend, dort draußen an der Schleuse von Färmansbo.
Als sei der Gewitterregen sein Vater gewesen.
Ein kleiner Mensch, in sein eigenes Geheimnis eingeschlossen.
Ich denke oft ernsthaft darüber nach, was aus ihm geworden wäre. Ein Sägewerksarbeiter, wie sein Vater es war? Ein Entdeckungsreisender zu den Mornington Islands? Aber was gibt es denn noch zu entdecken?
Er machte immer den Eindruck, für etwas ganz Besonderes bestimmt zu sein.
Wir alle waren für etwas anderes bestimmt.
Wenn ich mich unter den Menschen umsehe, die ich im Laufe meines Lebens kennengelernt habe: Lehrer, Freunde, Mädchen, Zufallsbekanntschaften, treue alte Gefährten, Verwandte, dann wird mir klar, daß ich keinen einzigen von ihnen, ich sage keinen einzigen, nicht einmal meine ehemalige Frau und auch nicht meine Geliebte, wirklich gekannt habe.
Man trifft einen neuen Menschen, einen, den man interessant

findet. Man versucht, ihn »unterzubringen« wie es heißt. (Ich versuche das sogar bei diesen Herren und Damen, die im Fernsehen die Nachrichten verlesen.)
In seinen Erinnerungen sucht man nach Gesichtern, die dem gleichen, das man vor sich sieht. Die langsamen Bewegungen der Augenlider stimmen mit denen überein, die man einmal bei einem Redner im Verein der Feldbiologen gesehen hat, die Mundwinkel sind die gleichen wie die eines Chemiedozenten im Uppsala der fünfziger Jahre. Kurz gesagt: Man holt sich hier einen Tonfall, dort einen Gesichtsausdruck.
Man legt sich das Unbekannte mit Hilfe des Bekannten zurecht. Der Psychoanalytiker in seinem Analysezimmer (oder wie das heißt; ich bin noch nie in einem gewesen) macht im Prinzip das Gleiche: Er trägt Erfahrungen und Erinnerungen zusammen, um den Schlüssel zu dem Neuen, Unbekannten zu finden, womit er konfrontiert wird.
Aber das, was wir uns zurechtlegen, worauf wir zurückgreifen, dieser Schlüsselbund von einst gesehenen Gesichtern, mit dem wir klappern, besteht ja aus ebensoviel Unbekanntem. Wir erklären Rätsel mit Rätseln.
Das ist doch verdammt nochmal genau dasselbe, als würde man sich ein zweites Exemplar der *Länstidningen* kaufen, um eine Meldung nachzuprüfen, der man keinen Glauben geschenkt hat, als man sie in seinem eigenen Exemplar der Zeitung fand.
Jeder Mensch birgt zutiefst ein nachtschwarzes Rätsel in sich. Das Dunkel der Pupille ist nichts anderes als die sternenlose Nacht, die Dunkelheit tief im Auge ist nichts anderes als die Dunkelheit des Universums.
Nur als Rätsel ist der Mensch groß und deutlich genug. Nur eine mystische Anthropologie wird ihm gerecht.
Es war natürlich typisch für Nicke, daß er schwamm und tauchte wie ein Fisch. Er tauchte bis auf den Grund des tiefen Schleusenbeckens und machte Schleppangeln los, die sich dort unten im Schrott von drei Jahrhunderten verfangen hatten. Er klammerte sich an alten Baumwurzeln und Drahtseilen fest, seine Haare wogten ihm wie Seegras um den Kopf, der magere Körper legte sich horizontal in die Strömung; er sah aus wie jemand, der mit ungeheurer Geschwindigkeit fliegt, wie ein Engel, der sich nur im Schwebezustand in der normalen Wirklichkeit aufhalten kann.

Die Wasserfläche über ihm war ein fernes, glitzerndes Dach. Das leise Knacken und Ächzen, das die gewaltigen Wassermassen der Schleuse stets in den wuchtigen, geteerten Eichenpfählen der Schleusentore verursachen, drang wie das Ticken einer fernen, riesigen Uhr zu ihm. Die Stimmen der Kameraden waren nicht mehr zu hören. Er war vollkommen furchtlos. Die langen Wasseralgen in der Tiefe, wo die Steine in den Boden übergingen, flatterten wie lange Frauenhaare.

Die Gesichter der Kameraden, schmale kleine Ovale, die sich andächtig über den Rand des Beckens beugten, sah er nicht. Wieviel Zeit verging, wußte er nicht. Vielleicht würden sie weg sein, wenn er wieder an die Oberfläche kam, vielleicht würde es auch eine ganz neue Zeit sein.

Er schwebte. Er bewegte sich mit großer Geschwindigkeit. Er dachte: Ich halte mich fest. Behutsam lockerte er den Griff seiner einen Hand, weil er ausprobieren wollte, ob der andere Arm stark genug war, um ihn festzuhalten, aber er spürte, daß die Strömung zu stark war, sie trieb ihn in Richtung der Schleusenluke, die als silberne, quadratische Öffnung ganz hinten in dem tiefgrünen Raum schimmerte, in dem er sich jetzt befand.

In diesem Moment entdeckte er den Blinker, nach dem er getaucht war. Oder besser gesagt einen Gegenstand, der der Blinker hätte sein können.

Er glitzerte ungefähr einen Meter unter ihm wie Gold im Bodenschlamm.

Und für einen Augenblick stellte er sich vor, die langen, gekräuselten Algen seien die Haare der Kolbäckstöchter, die diesen glitzernden Schatz bewachten.

Er begriff, daß es nur eine Möglichkeit gab, sich den Blinker zu angeln, ohne daß ihn die Strömung haltlos auf die Schleusenluke zutrieb (und die war gefährlich, denn man konnte sie nicht durchqueren, wohl aber darin steckenbleiben und ersticken), nämlich die Beine langsam herumzuschwenken und zu versuchen, dieses glitzernde Ding – was immer es sein mochte – mit den Zehen des rechten Fußes zu packen.

Sobald er sich querlegte, wurde er von der Strömung erfaßt. Jedesmal wenn er diesen goldglänzenden Flecken, der der Blinker sein mußte, zu ertasten versuchte, wirbelten seine

Zehen kleine Schlammwolken auf, die ihn völlig verdeckten. Seine Lungen schmerzten vom Sauerstoffmangel.
Wir fangen noch einmal an. Wir geben nicht auf, dachte er.

Über ihm war der ganze Sommer. Ein sanfter Wind ging durch die Bäume. Eine Wasseramsel schwebte auf der anderen Seite der Insel im offenen Teil der Stromrinne über dem Wasser. Von fern war das Geräusch eines EPA-Traktors zu hören, eines dieser billigen Traktoren, die aus dem Vorderteil eines Lastwagens gemacht waren und die damals in der Kriegszeit von den Bauern benutzt wurden, wenn sie sich keine richtigen Traktoren beschaffen konnten.
Schwärme von Möwen folgten dem Traktor auf seinem Weg.
Es war unsere Landschaft und war doch nicht die unsere. Es waren unsere Leben, die begonnen hatten, und waren doch nicht die unseren.
Ich bin nie so klug gewesen wie damals. Ich wußte, wie fremd ich war, aber ich wußte auch, daß die anderen genauso fremd waren. Im Universum ist niemand zu Hause.
Als Nicke wieder an die Oberfläche kam, war er durch den Sauerstoffmangel fast blau im Gesicht. Er konnte nur mit Mühe zum Rand schwimmen, und nachdem wir ihn über die steinerne Einfassung hinaufgezogen hatten, dauerte es fast fünf Minuten, bis er reden konnte. Er lag da und schnappte nach Luft wie ein kleiner, sehr schlammiger Fisch. Ein Geruch von grobem Bodenschlamm, von uralten Steinen, von verblichenem Seegras und fauligem Matsch umgab ihn.
Allmählich begriffen wir, warum er so schlecht geschwommen war, als er an die Oberfläche kam, und warum er soviel Mühe gehabt hatte, sich allein am Rand hochzuziehen. Er hielt die rechte Hand immerzu krampfhaft um etwas geballt.
Wir dachten, er würde sterben. Mitten an diesem warmen Junitag zitterte er vor Kälte.
– Was ist passiert? fragten wir ihn.
Seine einzige Antwort war zunächst, mit den Zähnen zu klappern. Schließlich versuchte er etwas zu sagen, und nach einer Weile gelang es ihm, so deutlich zu sprechen, daß wir ihn verstehen konnten.

– Der Blinker war nicht da, sagte er. Ich habe ihn nicht gefunden.
– Aber was hast du denn dann in der Hand?
Er sah seine Faust an, als habe er völlig vergessen, daß die Hand geballt war.
– Was hast du da drin? Was hast du da drin?
Vor Aufregung tanzten wir förmlich um ihn herum. Daß es nicht der Blinker sein konnte, war uns klar, denn sonst hätten ihm die Angelhaken längst tief in die Hand geschnitten.
Er öffnete sie langsam, als sei sie viel zu lange geballt gewesen. Er schien genauso neugierig darauf zu sein wie wir, was nun eigentlich drin sein würde.
Wir wurden ganz still, atemlos.
Vom Grund der Schleuse von Färmansbo hatte Nicke eine schwere Goldmünze heraufgeholt, einen Goldddukaten aus der Zeit von Carl XIV. Johan, den einzigen, der jemals dort gefunden worden ist.

(Das blaue Buch VI:1)

7. DAS BESCHÄDIGTE NOTIZBUCH

Der Blick von Großmutter Teklas Augen, dieser uralte Blick. Dieselbe Dunkelheit wie die des Universums draußen zwischen den Galaxien.
Sie war 1870 in der Gemeinde Berg geboren und hat bis zum vorigen Jahr gelebt. Ein kleines, watschelndes Mütterchen im Altersheim von Hallstahammar, ganz präsent, wenn man sie besuchen kam, eine schöne Glasschale mit Bonbons auf der Kommode, die aus Nußbaum war, eine völlige Geborgenheit in der Welt.
Während der hundert Jahre, die sie lebte, hat sie glaube ich niemals einen Grund dafür gesehen, sich zu fragen, warum sie existerte. Ja gewiß, sie hatte ihre Religion, und die erklärte natürlich alles.
Habe begonnen (sogar beim Kaufmann), den Menschen in die Augen zu sehen, als habe ihr Blick irgendwas Besonderes zu sagen, ich meine, als könne man irgendeine Antwort daran ablesen.
Das hat seinen Grund in der eigentümlichen Idee, sie könnten vielleicht etwas sehen, was ich nicht sehe.

Gestern kam eine kleine Eidechse auf den rückwärtigen Balkon und wärmte sich im Aprillicht.
Sie saß ganz still. Ich weiß nicht, ob ich mich geirrt habe, aber ich hatte den Eindruck, sie verändere tatsächlich ihre Farbe je nach den verschiedenen silbergrauen Schattierungen der Bretter.
Ich legte mich auf den Bauch und sah sie mir ein bißchen genauer an. Da entdeckte ich das winzige Auge.
Es hatte eine Schwärze anderer Art, die hellwache, nüchterne Schwärze der Reptilien.
Verglichen mit dem Auge eines Reptils wirkt das Auge eines Säugetiers verschwommen, halb berauscht von den warmen Kräften des Lebens.
Ein Reptil schaut mit nüchternem Blick direkt in die Dunkelheit hinaus.
Weiß der Himmel, was es sieht. Etwas – anderes?

(Das blaue Buch VII:12
[die letzte Aufzeichnung])

... seit drei Uhr nachts immer intensiver von dem alten Punkt aus, mit Ausläufern zu den Schenkeln und zum Zwerchfell hin, zuerst in den gewohnten Stärkegraden, dann bis zu »weißglühenden«.
Ich habe gewußt, daß ich nur eine Pause bekommen hatte.
Sonderbarerweise habe ich das Gefühl, sie gut genutzt zu haben.

(Das beschädigte Buch II:17)

Krankenwagen 90 000.
Zentralklinik 13 71 00 (Zentrale)

(Das beschädigte Buch II:2)

Erbreche alles mit einer Art hartnäckiger Regelmäßigkeit. Sogar Honigwasser. Aber in sehr kleinen Schlucken geht es. Leichtes Fieber.
Gang zum Briefkasten – wie eine Polarexpedition.

(Das beschädigte Buch II:3)

Habe den Hund zu den Olssons im Skrivar-Hof gegeben. Kurzer, eigentümlicher Abschied. Er hatte einen halben Käse als Abschiedsgeschenk bekommen, schien trotzdem irgendwie zerstreut und uninteressiert zu sein. Schleppte den Käse von einer Ecke des Zimmers und die andere. War unruhig, jaulte. Wird es gut haben.

(Das beschädigte Buch II:4)

Good night, ladies. Für drei Tage war es verschwunden, kommt aber jetzt wieder, in immer kürzeren Abständen.
Die unangenehme Ähnlichkeit zwischen Schmerz und Lust. Beide erobern die gesamte Aufmerksamkeit, man sieht nichts anderes mehr. Er ist wie eine geliebte Frau. Nachrichten, Wetter, die Veränderungen in der Natur, sogar die Angst vermag er auszulöschen. Er ist ein Reich, in dem endgültig Wahrheit herrscht.
Jetzt schauen ein wenig öfter Leute herein, sie sprechen ganz aufrichtig davon, daß ich ins Krankenhaus fahren sollte. Sie sind praktisch, die Leute im nördlichen Västmanland. Man sagt auf Västmanländisch nie: »Er ist gestorben«. Man sagt: »Er ist totgegangen«. Sie haben Angst, daß ich »totgehen« werde.
Kann nicht mehr Zeitung lesen. Ich lese, d. h. ich lasse den Blick von Wort zu Wort wandern, aber jedes Wort enthält nichts als Schmerz. Schlimmer ist das Gefühl, daß es mich nichts angeht. In den letzten Tagen reden sie von etwas, das sie »Informationsbüros«* nennen. Ihre Probleme sind nicht mehr die meinen. Ich möchte wissen, was dieses »Informationsbüro« ist. Ich stelle mir ein Büro vor, das alle Fragen beantworten kann:
Warum gerade ich?
Warum gerade ich sterblich?
Warum gerade ich diesen Schmerz?
Warum gerade ich identisch mit diesem Schmerz?
Warum gerade ich identisch mit jemand, der diesen Schmerz empfindet?
Warum?

(Das beschädigte Buch II:5)

* »Informationsbyrån«: der schwedische Geheimdienst [Anm. d. Ü.]

Das Problem mit diesen Frauen: Sie haben gespürt, daß ich viel zu wenig wollte. Frauen sind zu allem bereit, wenn sie spüren, daß man es will.
Ich habe viel zu wenig gewollt. Mein ganzes Leben lang. Die Leute haben nie das Gefühl gehabt, ich hätte irgendein *Anliegen* an sie. Die letzten drei Monate haben mich *wirklich* gemacht. Das ist furchtbar.

(Das beschädigte Buch III:1)

Die ganze Nacht lang erbrochen. Der letzte April. Verfärbungen der Haut an den Unterarmen. Große braune Flecken.
Heute wurde mir klar, wie lächerlich die ganze Idee des Selbstmords ist.
Es gibt überhaupt keine Auswege. Wir sind *ganz und gar* in die Wirklichkeit, in die Geschichte, in unsere eigene Biologie hineingetaucht. Die Möglichkeit, sich seinen eigenen Tod vorzustellen, beruht auf einem sprachlichen Mißverständnis. Ähnlich wie die Möglichkeit, sich selbst »du« zu nennen. Oder wie die Möglichkeit, sich selbst bei einem Namen zu nennen.
Die Schwärze der Pupille ist identisch mit der Schwärze zwischen den Galaxien.

(Das beschädigte Buch III:2)

1– 8: Gereinigt, die Königinnen in gutem Zustand.
9–11: erfroren, nicht gereinigt.
12–14: gut in Schuß, die Königinnen möglicherweise zu alt, die Rahmen müssen nachgesehen werden, neue Waben.
15–16: stehen seit Herbst 1971 leer. Nichts daran gemacht.

(Das beschädigte Buch IV:1)

Frühjahr, Frühsommerwind, der Duft der Fliederbüsche. Der Schlag kurzer, unruhiger Wellen am Strand, der Schwarm von Weißfischen. Die vergilbten kleinen Stengel der vertrockneten Schilfhalme.
So ein Schwarm von Weißfischen steht ganz still, als sei er ein einziger Körper. Wie kann der einzelne Weißfisch wissen, daß die anderen genauso still stehen?
Dann fällt ein Schatten darauf, der Schatten von jemand, der sich über das Wasser beugt, und der Schwarm stiebt in einer Explosion von blitzschnellen Reflexen auseinander, jeder in eine andere Richtung, genauso schnell wie die Lichtreflexe im Wasser über ihnen.
Nichts deutet mehr darauf hin, daß sie dagewesen sind.
Wenn sie fort sind, kann man gar nicht glauben, daß sie eben noch da waren.

(Das beschädigte Buch V:1)

Was jetzt mit mir geschieht, ist widerlich, abscheulich und erniedrigend, und niemand wird mich dazu bringen, es zu akzeptieren oder mir einzureden, daß es irgendwie gut für mich ist.

Es ist abscheulich, einem idiotischen, blinden Schmerz, Brechanfällen und diesem ganzen geheimnisvollen inneren Zerfall ausgeliefert zu sein, der blödsinnig und unverschämt ist und bleibt, was er auch immer für eine Erklärung haben mag.

Die gewöhnliche Ketzerei besteht darin, die Existenz eines Gottes zu leugnen, der uns erschaffen hat. Eine viel interessantere Ketzerei ist es, wenn man sich vorstellt, möglicherweise habe uns ein Gott erschaffen, und dann sagt, es gebe nicht den geringsten Grund für uns, davon beeindruckt zu sein. Und schon gar nicht dankbar dafür.

Wenn es einen Gott gibt, ist es unsere Aufgabe, nein zu sagen.

Wenn es einen Gott gibt, ist es die Aufgabe des Menschen, seine Negation zu sein.

Wir fangen noch einmal an. Wir geben nicht auf.

Meine Aufgabe in diesen Tagen, Wochen oder schlimmstenfalls Monaten, die es noch dauern kann, besteht darin, ein großes, deutliches NEIN zu sein.

(Das beschädigte Buch VI:1–3)

Ich, ich, ich, ich, ... schon nach dem viertenmal ein sinnloses Wort.

(Das beschädigte Buch VI:4)

Obwohl es schon die zweite Woche im Mai ist, schneit es heute in ganz Västmanland. Der Krankenwagen kommt mich um vier Uhr holen. Ich hoffe, daß die Straßen nicht zu glatt sind.

Man kann immer noch hoffen, daß kein Unglück passiert. Man kann immer noch hoffen.

(Das beschädigte Buch VII:o)

Väster Våla 1975

NEUE LITERATUR

Im Fischer Taschenbuch Verlag

ILSE AICHINGER
Meine Sprache und ich. Erzählungen. Band 2081

GERHARD ROTH
Der große Horizont. Roman. Band 2082

ELIAS CANETTI
Die gerettete Zunge. Geschichte einer Jugend. Band 2083

PETER SCHALMEY
Meine Schwester und ich. Roman. Band 2084

GÜNTER KUNERT
Im Namen der Hüte. Roman. Band 2085

HERMANN BURGER
Schilten. Schulbericht zuhanden der Inspektorenkonferenz. Roman. Band 2086

JACQUES CHESSEX
Der Kinderfresser. Roman. Band 2087

ANDREAS HÖFELE
Das Tal. Band 2088

DIETER WELLERSHOFF
Die Schönheit des Schimpansen. Roman. Band 2089

KLAUS SCHLESINGER
Alte Filme. Eine Berliner Geschichte. Band 2091

LARS GUSTAFSSON
Sigismund. Aus den Erinnerungen eines polnischen Barockfürsten. Band 2092

PETER HANDKE
Der Hausierer. Roman. Band 2093

GERHARD ROTH
Winterreise. Roman. Band 2094

REINHARD LETTAU
Frühstücksgespräche in Miami. Band 2095

KLAUS STILLER
Traumberufe. Band 2096

PETER HENISCH
Die kleine Figur meines Vaters. Roman. Band 2097

NEUE LITERATUR

Im Fischer Taschenbuch Verlag

GÜNTER BRUNO FUCHS
Bericht eines Bremer Stadtmusikanten. Roman. Band 2098

HANNELIES TASCHAU
Landfriede. Roman. Band 2099

CHRISTOPH MECKEL
Licht. Erzählung. Band 2100

KLAUS SCHLESINGER
Berliner Traum. Band 2101

KLAUS STILLER
H-Protokoll. Band 2102

ELIAS CANETTI
Die Stimmen von Marrakesch.
Aufzeichnungen nach einer Reise. Band 2103

JOSEPH BREITBACH
Das blaue Bidet oder Das eigentliche Leben.
Roman. Band 2104

HANNA JOHANSEN
Die stehende Uhr. Roman. Band 2105

LARS GUSTAFSSON
Der Tod eines Bienenzüchters. Roman. Band 2106

»Der Fischer Taschenbuch Verlag
hebt seine Ausgaben zeitgenössischer Literatur
neuerdings mittels eines eigenen,
geschmackvoll dezenten Umschlagdesigns
aus seinem umfangreichen Angebot heraus:
trockene Aquarellfarben, ein Karton mit leichter Leinenstruktur,
strenge Lettern für den Titel und ins Surrealistische tendierende,
auf den Text bezogene Bildfragmente
im unteren Teil der vorderen Umschlagseite.
Das ist durchaus ein Hinweis
auf den in letzter Zeit wieder ständig gestiegenen Stellenwert
der Gegenwartsliteratur innerhalb des Taschenbuchangebots.«
Heinrich Vormweg

Franz Kafka

Das Urteil und andere Erzählungen
Band 19

Amerika
Roman. Herausgegeben von Max Brod. Band 132

Der Prozeß
Roman. Herausgegeben von Max Brod. Band 676

Das Schloß
Roman. Herausgegeben von Max Brod. Band 900

Sämtliche Erzählungen
Herausgegeben von Paul Raabe. Band 1078

Beschreibung eines Kampfes
Novellen, Skizzen, Aphorismen aus dem Nachlaß. Herausgegeben von Max Brod. Band 2066

Briefe an Milena
Herausgegeben von Willy Haas. Band 756

Tagebücher 1910–1923
Herausgegeben von Max Brod. Band 1346

Brief an den Vater
Mit einem Nachwort von Wilhelm Emrich. Band 1629

Briefe 1902–1924
Herausgegeben und mit Anmerkungen versehen von Max Brod. Band 1575

Briefe an Felice
und andere Korrespondenz aus der Verlobungszeit. Band 1697

Das Kafka-Buch
Eine innere Biographie in Selbstzeugnissen. Herausgegeben von Heinz Politzer. Band 708

Max Brod
Über Franz Kafka
Franz Kafka. Eine Biographie – Franz Kafkas Glauben und Lehre – Verzweiflung und Erlösung im Werk Franz Kafkas. Band 1496

Fischer Taschenbücher

Werke von Elias Canetti im Fischer Taschenbuch Verlag

Die Blendung
Roman
Band 696

Die gerettete Zunge
Geschichte einer Jugend
Band 2083

Die Provinz des Menschen
Aufzeichnungen 1942–1972
Band 1677

Dramen
Hochzeit/Komödie der Eitelkeit/Die Befristeten
Band 7027

Die Stimmen von Marrakesch
Aufzeichnungen einer Reise
Band 2103
[erscheint im Juli '80]

Masse und Macht
Band 6544
[erscheint im Juli '80]

Fischer Taschenbücher

Lars Gustafsson

»Gustafsson gelingt, was man nur wenigen Schriftstellern seiner Generation nachrühmen kann – er erreicht die Synthese von Bild und Geist, von sinnlicher Wahrnehmung und theoretischer Darlegung. Der Künstler und der Denker stehen sich in dieser Prosa nicht im Wege, vielmehr stützen und beglaubigen sie einander. Anders ausgedrückt: Wie für den Erzähler Gustafsson eine hochentwickelte Intellektualität charakteristisch ist, so zeichnet den Denker Gustafsson eine poetische Phantasie aus. Und beide, der Erzähler ebenso wie der Denker, haben ein sicheres Gespür für die Fragen unserer Zeit.« ›FAZ‹

Die Tennisspieler. Erzählung. 104 Seiten. Broschur. 1979

»... Sein Buch ist ebenso leicht wie anspruchsvoll. Es ist heiter und sehr ernst. Denn was sich als Plauderei tarnt, zielt, ohne je den Zeigefinger zu erheben, auf jene Fragen ab, die uns alle angehen.« Marcel Reich-Ranicki in der ›FAZ‹.

Herr Gustafsson persönlich. Zur Zeit vergriffen.

Wollsachen. 228 Seiten. Leinen. 1974. Zur Zeit vergriffen.

Das Familientreffen. 296 Seiten. Leinen. 1976.

Sigismund. 256 Seiten. Leinen. 1977.
Aus den Erinnerungen eines polnischen Barockfürsten.

Der Tod eines Bienenzüchters. 180 Seiten. Leinen. 1978.

Die Maschinen. Gedichte. 80 Seiten. Broschur. 1976.

Der eigentliche Bericht über Herrn Areander.
120 Seiten. Broschur. 1969.

Utopien. Essays. 132 Seiten. Broschur. 1970.

Hanser Verlag